# 烟花 ›月

李景文 著

中国书籍出版社
China Book Press

图书在版编目（CIP）数据

烟花三月 / 李景文著. —北京：中国书籍出版社，2015.3
ISBN 978-7-5068-3949-5

Ⅰ. ①烟⋯ Ⅱ. ①李⋯ Ⅲ. ①长篇小说—中国—当代 Ⅳ. ①I247.5

中国版本图书馆 CIP 数据核字（2013）第 306198 号

烟花三月

李景文　著

图书策划	武　斌　崔付建
责任编辑	李立云
责任印制	孙马飞　马　芝
出版发行	中国书籍出版社
地　　址	北京市丰台区三路居路 97 号（邮编：100073）
电　　话	（010）52257143（总编室）（010）52257140（发行部）
电子邮箱	chinabp@vip.sina.com
经　　销	全国新华书店
印　　刷	天津兴湘印务有限公司
开　　本	710 毫米 ×960 毫米　1/16
字　　数	107 千字
印　　张	10.25
版　　次	2015 年 3 月第 1 版　2019 年 1 月第 2 次印刷
书　　号	ISBN 978-7-5068-3949-5
定　　价	38.00 元

版权所有　　翻印必究

目 录

第一章　梦龙
001

第二章　舅舅
005

第三章　紫风
012

第四章　卓玛
017

第五章　暗香
025

第六章　迷宫
035

第七章　约会
045

第八章　涅槃
053

第九章　绝响
066

目录

第十章 洗礼
▶ 073

第十一章 红马
▶ 079

第十二章 水泊
▶ 089

第十三章 原欲
▶ 101

第十四章 艄公
▶ 107

第十五章 占领
▶ 115

第十六章 佛国
▶ 123

第十七章 神湖
▶ 140

后 记
▶ 147

附 录
▶ 154

第一章　梦龙

　　我以为在扬州的烟花三月会生长出好多奇奇怪怪的东西来，因为这是一个特别利于生长的季节，不说那瘦西湖里桃红柳绿闹得正浓的春意，实际上很多人看不见在这个特别利于生长的季节人的各种心情正像花儿一样绽放。

　　那天晚上我正在我四季园的屋子里看中央八套热播的电视连续剧《金粉世家》，我的哥们黄粱梦龙事先没有一点预兆地撞了进来。我以为这跟烟花三月有关。梦龙以前可不是这样，梦龙以前来都要打好几次电话，有时打了电话还不一定来。梦龙今天说来就来了，事先没有一点预兆，这说明我这个写诗的哥们今天心里特别有事。这一切我以为都是我们赖以生存的烟花三月招惹的。梦龙进来了，沉默着，像烟花三月中的一棵树一样站在那里沉默着，手里奇怪地拎着一篮鸡蛋。

　　送蛋，只有人家养了孩子的才给亲朋好友送蛋，以前人讲究染成红的，现在人怕麻烦也怕不卫生，袋子里裁一张小红纸，以示象征。发展到今天就专门有了报喜的红盒子用以装蛋。当然对现代派的诗人梦龙，你就不能以这样那样的格式来要求了。但他送蛋，难不成他一夜之间就跟谁有了孩子？那个吟诵着春风十里扬州路，风流倜傥的杜牧先生又现世了！小说家容易在生活中犯虚构各种情节的毛病，正因为我是蹩脚的小说家，所以脑子里就有了许多蹩脚的虚构。我转身给梦龙冲了杯雀巢速溶咖啡。我说坐，还要请呀，他不搭我的腔，仍像烟花三月里的一棵树站在那里，手里滑稽地拎着一篮子鸡蛋。

你老站着干吗，还拎着鸡蛋，累不累？我把椅子朝他跟前挪了挪。

嗨，哥们，他终于搭腔了，但答非所问，你也看电视剧唷！

我没有吭声，我晓得他这是在嘲弄我，看他这一脸诡谲的表情。在我们这个小文人圈子里，看电视剧、特别是港台的肥皂剧会被认为是俗不可耐的。这几天我小说写不出一个字，我承认我无聊至极，便在电视频道上一阵乱戳，真的没有一个台值得看的。正当我想按一下这遥控器的暗红色 POWER 按钮时，"金粉世家"几个字撞进了我的眼球。"金粉世家"，可是言情老前辈张恨水的《金粉世家》，被有些文艺评论家称为中国的大仲马加半个巴尔扎克的，这对搞小说的我自然是有些吸引力的。但同时，张恨水是在晚报之类搞通俗言情连载的，因为他的不入流一直被中国的文学史关在大门之外。我跟你很琐碎地说这些，你一定知道我的心情了，我这个标榜为搞纯文学的人看由张恨水的东西改成电视剧的玩意，真的就有一种偷情的感觉。我迟迟疑疑犹犹豫豫地看了两集，不觉就沉浸进去，我承认男女主人公七少爷和冷清秋的恋情渐渐吸引了我，特别是演老七的这个叫陈坤的家伙演得够可以的，一颦一笑都是戏。而后来又听说，女主角也是那个眼睛很毒的老谋子看中的。我无法抵赖这部青春片抓住了我的眼球，我成了一个滥情的堕落的家伙。

"当花瓣离开花朵，暗香残留……"电视中沙宝亮起起伏伏略带伤感沙哑的歌声在屋子里飘了起来，我侧目看到梦龙还像一棵烟花三月中的树站着，手里滑稽地拎着一篮鸡蛋。哦，应该说，那篮鸡蛋在他手里绝对像烟花三月里一棵树上长着的一只雀窝。我先幽他一默，夺过他的鸡蛋，也就是掏了他的雀窝。我说，你小子傻啦？练站桩呢？

他还像一棵烟花三月里的树一样一动不动地站着，还傻笑了两声说，哈，我想不到你也看电视剧！

我给了他一拳，把他这棵烟花三月里的树打了个趔趄，他这才老实坐下来。我说看电视怎么啦？就看啦！我说小说本来就是引车卖浆走卒贩夫之徒欢喜的，是下里巴人，本来就是一个俗字；不像诗歌，是阳春白雪，是文学中的文学，是头顶上的桂冠，是烟花三月里的一棵树。

你生这么大的气干嘛呢？梦龙呷了口咖啡，又用手捋了下他的披及肩头的长发，我的眼前又呈现出我所熟悉的诗人梦龙，但他渐渐变成烟花三月里的一棵树。你看我傻了是不是？我这是高兴，是喜出望外。你坐下来我慢慢跟你说。

我这才发现我其实也一直站着，像烟花三月里的一棵树站着，难不成像树一样地站着还会像"非典"病毒在空气中传染么？我将电视剧的声音开到耳朵听不见才罢休，荧屏上的人像演哑剧似的像一棵棵会走路的树在晃动，我们仿佛回到了卓别林的无声电影时代。我又一次预感到在这烟花三月里，梦龙有很重要的话要跟我说。果然，梦龙开口了，梦龙捋了捋头发掩饰不住兴奋地对我说，嗬，我真的想不到你在看电视剧，这说明咱哥们同声相应、同气相求，我还以为我非跟你磨一阵嘴皮子的，没想到咱哥们有感应似的一个鼻孔出气！

是穿一条裤子，我终于忍不住了。我说你直奔主题吧，不要像你那朦胧诗弄得玄玄乎乎神神秘秘的，你今天的序幕即使在烟花三月里也够长够多够铺垫的了。

梦龙一脸认真，不像是开玩笑，烟花三月的日子天气还算不上热，可是他的鼻子上竟沁出了细密的汗珠。他开始上上下下地摸口袋，我知道他这是在找烟，他从口袋里掏出了一只很高级的手枪造型的打火机，但是却没有掏出一颗烟，有些弹尽粮绝的意思。我拉开抽屉，叭地甩一盒"555"给他，这是专为他准备的，这诗篓子，非"555"不行。

梦龙手有些抖地点上烟，双眉不展地深深吸了一口，这才眼睛斜睨着我，眼波里有些痛的意思。他缓缓地吐出一口烟说，我觉得我和诗歌都快成二千五百年前蜀冈上的邗国君王了……

他突然这么没头没脑的冒一句，我不但浑身的汗毛而且连头发都竖了起来，我等待着他的下文，但是梦龙苦笑一下却哑然了。我脊梁骨上陡然生起一股凉意，我觉得他的话说得绝对而悲怆。突如其来的，我的思绪像浮在宇宙中的一粒埃尘，晃晃悠悠回到了二千五百年前。长江北岸蜀冈上那个小小的邗国，便是在春秋时期被称霸一方的吴王夫差灭了的，这便是在过去的二千五百年这个时间点上，划了一条线的之前与之后的扬州。我的哥们梦龙，他突然说这么一句话什么意思？你太多虑了。我在心里大喝了一声。我不知道我心里的声音梦龙听到听不到，我只看到梦龙像一个女孩子羞红了脸，低下了头。梦龙的声音小得像喁喁私语像蚊子唱歌，你注意到鸡蛋了吗？

我看到了梦龙怪诞的目光，我说是不是你跟哪个女人生了孩子，而紫风又蒙在鼓里？我真的有段日子看不到紫风了，那个绝对长得像林黛玉人见人爱的女孩紫风。我说，你今天来找我让我承认孩子是我的？我说，你们诗人总爱别具一格，做出一些惊天动地的事情来！

梦龙臭我说，你还是铁哥们呢，真不愧为小说家，这种离奇的情节，亏你想得出来！

这时候梦龙的手机响了，梦龙接了一个电话说有急事要先走了，我听出是一个女孩子的声音，我甚至辨别出是一个陌生的声音。我说你不是要谈鸡蛋吗？他说，我舅舅送的，今天来不及说了，他的一些事特别地感动了我。说完，梦龙拉开门，就在烟花三月的夜色中消失了。

第二章 舅舅

你注意到鸡蛋了吗?

梦龙在烟花三月之夜的问话这几天老在我的脑海中像鹞子似的盘旋,但是盘旋来盘旋去总是捕不到任何一个猎物。跟紫风或者跟别的女人生孩子已经被梦龙否决。也许我这问题想得幼稚而荒诞,因为生孩子绝不是一朝一夕的事。况且紫风作为一个先锋的女诗人她连婚都不肯结还愿意生孩子吗?那么,在烟花三月的日子里送一篮鸡蛋,即使是舅舅的,也说不上特别地让我感动,我对我的想象力真的有了怀疑。

你注意到鸡蛋了吗?

我的耳际不断地回响着梦龙在烟花三月之夜的声音。鸡蛋,一篮鸡蛋,我从你手上夺下来,我不可能不注意到,其实我整天都在绞尽脑汁地思考。一个油瓶倒下来都不扶不食人间烟火的摩登诗人,怎么拎了一篮鸡蛋来?我真的陷入了思考。说你贿赂哥们吧,八竿子打不着的事;说是行为艺术吧,又有些小瞧、贬低你缺乏想象力的意思。想想那天梦龙进来后像烟花三月里的一棵树一样站着,配着这画面就真的有个标题跳进了我的脑海:树桩上的鸟巢。

树桩上的鸟巢,你觉得怎么样?那天梦龙邀我到那临水而建、盖着茅屋顶的冶春茶社品苦瓜茶，我也不管他的感受如何，一见面就机关枪似的对他来了个扫射。后来好长时间，我才品出了滋味，苦瓜茶，哪有请哥们品苦瓜茶的？在这个问题上，他似乎什么都没有说，其实什么都说了，他说他是苦瓜和尚。诗人么，专用曲笔，我真是傻，由此可见我的愚钝。但是你有叠石奇峰片石山房吗？充其量是水月镜花。当时，我还以为他会带着紫风或者别的什么姑娘一块来的，但是在烟花三月在这爱情疯长的季节，我却看到只有梦龙一个人，而且仍是郁郁寡欢甚至有些落魄的样子。我想问他，但我还是噤住了我的声音，这便成为日后我心中的一个结。

谢谢你，鹤子，谢谢你给我那天的举动和那篮鸡蛋起了这么个诗意的名字——树桩上的鸟巢，诗意的命名，有意思，真的有意思。梦龙不动声色对我说，事后想想，我不是故意铺垫，这的确只是一个序幕，一出精彩大戏的一个哑剧似的序幕。不是我故作姿态，是我灵魂深处有个声音呐喊着非要我这样做的。我不知道这根子是不是都通到烟花三月。可是你解读了它——树桩上的鸟巢，一个在烟花三月里长出的多么酷的诗意的名字。梦龙猛地吸了口烟，把烟差不多吸了一半，然后蓝色的烟雾从口腔里缓缓地喷出来，似乎在刻意制造一种舞台的效果。那装在"鸟巢"里的蛋是我舅舅送给我的，我舅舅。

你舅舅？我品了口茶，像正品味他漂浮在烟花三月里的话，我多日来理不清他舅舅与鸡蛋之间的头绪，酽浓的滋味让我咂摸出里面隐藏着难言的意味，我静静地等待他揭开谜底。

对，我舅舅，我舅舅在山东乡下老家，一天竟在一本杂志上看到了我写的诗和我的照片，我舅舅就拎着他家鸡生的蛋，坐了八个小时的公共汽车让我给写部电视剧，你说可笑不可笑？真是秀才遇到兵，有理讲不清了。他掐灭烟说。

你舅舅一辈子就求你这么一回，你应该答应他。我心里的沉闷被他捅了一个洞，有烟花三月的阳光和风漏了进来。的确，解铃还须系铃人。我像一个在烟花三月这个不太安分季节里要挑起事端的小男孩，带着一种刻意要制造恶作剧的心理竭力怂恿他，但我的表情和声音严肃得像个法官，让他感到这是一种判决。其实我一点没有觉察，梦龙正轻松控制着整个局面，把我导向一个岔口。

你个鹤小子，怎么跟我妈妈说的一样，我妈说不就写几个字，你舅舅这一辈子就求你一回，他容易吗？你就答应他吧！你看看，我真怀疑那天你就猫在我家床肚里。

你尽可以损我！我摆出一种在烟花三月里应有的超脱姿态，细品着嘴里苦瓜茶回味的余香，如一条鱼不知不觉就在这种略带幽默的调侃中上了他的钩。

我看不清自己是一个丢了西瓜拣芝麻的人，不要说你想不到，就是我自己现在也很难想象，当时我心里放不开的东西，竟是梦龙品茗的姿势。梦龙品茗的姿势优雅得让我嫉妒，他不只是随便摆摆样子，而是从气势上已经压过了我。他在烟花三月的叙述显得从容不迫，他的叙述伴着喝茶的声音，很是迷人，充满魅力和诱惑。他的声音与外面河水的流动汇成一片，在我的眼前闪动着，我真的是洗耳恭听。他说，我也是拒绝，尽可能地拒绝。但是我妈妈对我说，你舅舅硬是等了你三个小时，直到最后回程夜车到点了才带着满脸遗憾离去。我妈妈留我舅舅小住些日子，可我舅舅不肯，他说家里还有一头牛五条猪一群鸡哩，他怕我舅母忙不过来。我妈妈说，你舅舅说还要来呢，说看不到你你写不出他他不死心，他还要来呢。我妈妈对我说，其实你舅舅是很值得写一写的，他二十八岁就在西藏的部队里当上了中校副团长，可是你舅舅却爱上了当地一个农奴主的姑娘卓玛，像冰山上的雪莲一样冰清玉洁的农奴主的姑娘卓玛……我就是在这一刻怦然心动的，我觉得应该为这样一位老人写一部电视剧，哪怕他不是我舅舅。

那你写吧。我不再油腔滑调嬉皮笑脸跟他玩嘴皮子，他的那份真挚很快传染给我，我甚至不奇怪在烟花三月的日子里我的内心深处那份强烈而莫名的冲动，即使现在回忆起来，也压根儿感觉不到他在烟花三月给我设置的叙述圈套。

我妈妈对我痛说革命家史，我妈妈说当时组织上找我舅舅谈话，摆在我舅舅面前有两条路：一条是继续升官，当团长、师长，走这条路现在到北京做大官那是肯定的，当时他才二十八岁哟；另一条路是跟农奴主的女儿结婚，这就意味着跟革命队伍决裂。对决裂者的处置是可想而知的，而我舅舅却执迷不悟，迷上了这个农奴主的女儿……

一则凄婉的爱情故事，其美丽动人的程度要超过《金粉世家》一百倍。"当花瓣离开花朵，暗香残留……"坐在冶春茶社的雅座里，看着乾隆爷龙舟过处的水面上飘零的落红，这首歌顽强地从我的心里钻出来，在我耳膜里回荡着。在这烟花三月的水榭里，我心里有一种虚幻的感觉在生长，我把自己想象成二十八岁的年轻英武的中校副团长。我甚至给这位沉溺于爱情的梦龙叙述中的副团长舅舅，起了个名字叫梁山伯。

你感觉到了！梦龙睁大诗人那双绵羊般清澈单纯的眼睛，披着长发在烟花三月略带颤动的空气中凝视我。他也许想到了他那来自高原的农奴主女儿的舅母。他果然对我说，当时我的农奴主舅母家已经一贫如洗，他们已经在革命的风暴中从奴隶成群牛羊遍地的天堂跌落下来，他们甚至连拿一杯像样的酥油茶、青稞酒和糌粑来招待他们的金珠玛米女婿都困难重重，他们看着我舅舅制服上闪闪发光的星星和条条杠杠越发感到不安和诚惶诚恐，甚至感到罪孽深重，他们奉献的唯有他们像从冰山上采来的雪莲似的女儿。

我在感动中在烟花三月这轻盈的季节陷得越来越深，我的思绪幻化为一缕花瓣的暗香，竟穿越了半个世纪的尘封，漂浮在那片神秘的世界屋脊，我觉得苦瓜茶在我的口感里是苦尽甘来，连我的眸子里也蒙上了一层沾着烟花三月雾气的迷离而感动的泪光。

我被感动了，你被感动了，当然我妈妈是第一个受感动的。我要告诉你的是，"从冰山上采来的雪莲似的女儿"这么漂亮的句子，不是我这个写诗的在抒情，也不是躲在象牙诗塔的秀才能想得出来的，而是我妈妈脱口就这样跟我说的。这也从一个方面证明了伯埃斯的伟大：人人都是艺术家。

对，人人都有艺术的天赋，就看这种潜能是否在某种撞击中被激发出来。我看你身上还蛰伏着的艺术潜能，大诗人的潜能，这次被你舅舅的鸡蛋敲打得华光四射。

可以这样说吧，鸡蛋在我舅舅那里是物质的，在我们这些小资眼里却成为一种精神的象征。刚才我已经说过即使不是我舅舅，我也会被一位有过这样一段传奇经历的老人所感动，我们无论克服怎样的困难也要为他写一部电视剧的。这是一种愿望，或者说就是照耀他走过晚年生活的太阳。梦龙的叙述在烟花三月这种什么都生长的季节已经进入无人之境，他不再看我，他说我还说我舅舅，他说我舅舅的故事永远也说不完。他边说边打着强劲的手势，甚至连吐沫星子都极稀罕地砸到我脸上，而他的眸子里有一条感动的河在流淌。我舅舅一身戎装像一棵绿色的树站在那敝旧的毡房里，顷刻这狭窄而黯淡的处所里便有一种新鲜的空气流动起来。他这种能拧断狼脖子的汉子，完全可以一口气喝完一大海碗老农奴主端上来的青稞酒，但是他晓得他岳丈的窘境，他只是礼节性地、象征性地喝了三小口，然后抱着一身白裙像雪莲花一样娇嫩的我的舅母，上了他那打着响鼻嘶嘶鸣叫的枣红马。我舅舅肩头的金色星星和条条杠杠在阳光下灿烂夺目，其实我舅舅已经被开除了党籍和军籍，只是我自尊的舅舅不能让他农奴主和农奴主婆姨的泰山泰水感到女儿是嫁到一个遥远的地方去受苦。我的舅舅抱着我的舅母双双跃上了枣红马，我的舅舅立在马蹬子上双腿使劲将马的肚子一夹，枣红马便腾起四蹄箭一般射出去……

我说写吧，下决心写吧，写出来一定比《金粉世家》这类轻飘飘的青春言情剧精彩。我想，是苦瓜茶刺激得我激动，我的眼神一定像烟花三月柳树上的柳絮是飘忽的，我的心仿佛还在舅舅的枣红马背上忽悠忽悠的。

可梦龙的心就像他那跳跃得厉害的诗一样早跳回到现实，他的脸上甚至挂着暧昧和狡黠。当时我因为在舅舅的故事中沉醉得太深，我前面说过我老走神将自己想象成舅舅并给舅舅起了一个梁山伯的名字，我怎么能感觉到他的异样。他只是一个劲地说，你写吧，还是你写好。我是一个天生的抒情诗人，叙述对我有一种障碍、桎梏，我甚至感到一种抵制和对抗。抒情，对于我像溜冰场上的滑行，驾轻就熟，身轻如燕；叙事，对于我简直是老爷车在乡间小路上的蜗行，颠簸不堪颠得车快散架灵魂都要出窍了。

你今天的叙述不是很到位么，声情并茂，抑扬顿挫，至少深深打动了我。我当然知道打动我的到底是什么，连我自己都吃惊我的声音在这烟花三月蓬勃生长的季节里缺乏真诚，玩耍着一种欲擒故纵的雕虫小技，玩得小心眼儿。

谢谢鹤兄的夸奖，可我清醒这离一部电视剧还差十万八千里。当然，我的意思不是我绝对不能搞，我的意思是写诗又涉及影视文学的简直寥若晨星；而写小说又"触电"的则多如牛毛。噢，我丝毫没有抬高诗人贬低小说家的意思，我只是想描绘这么一种像韭菜一样一茬茬旺盛生长的景象。

我晓得你的意思，请不要怀疑我的理解力。可我想到的是虽然我们亲如手足，你舅舅就是我舅舅，但说到底，毕竟是你舅舅呀，这么好的题材我不能让你忍痛割爱！

割爱，这个词用得好，第一个用这个词的人肯定是个天才，骑鹤，我必须割爱。就像一个外科医生难以为他的亲人做手术一样，我也不忍拿着艺术的刻刀穿越往昔的岁月雕琢我舅舅的灵魂，那比冰山上的雪莲还美好却令人颤栗和悸动的不堪回首的灵魂！

梦龙的话说得很绕口，现在想起来梦龙可能是事先就深思熟虑的，而不是在跟我谈话中突然爆发的灵感，反正他找到了一条让我给他的舅舅写剧本的堂而皇之的理由。当然，我说过，我们哥俩好得亲如手足，他舅舅就是我舅舅，是我们共同的舅舅。我甚至说不清，给舅舅写剧本，是不是给我心中某种情结的投影写剧本，我当时的心境真的是难以拒绝还是正中下怀，也许就像那态度暧昧的女人，半推半就着跟人上了床。反正在这躁动的烟花三月，我沉默了片刻竟觉得自己再无处逃遁，我便有些大大咧咧又迫不及待，我说我试试看。

梦龙伸出他那多毛的瘦骨嶙峋的手，拿着茶杯跟我碰一下说谢谢你，我代表我舅舅先谢谢你。他甚至控制不住地站起来像喝醉酒一样要拥抱我,这在他可是从来没有过的有同性恋倾向的空前举动。我说,你舅舅就是我舅舅,咱哥们的舅舅,你反复说谢谢谢谢这不显得见外和生分了?我说梦龙你说来说去有一个重要疏忽,你忘了告诉我舅舅叫什么?梦龙捋了下挡住自己视线的一绺长发,有些轻描淡写地说,叫什么其实不重要,叫梁山伯。我的心里咣当一下,想这是我的幻觉,还是哥们梦龙跟我说戏或者戏说呢,巧得怎么假的跟真的、真的跟假的一样?我甚至生出一丝警惕,胃里阵阵痉挛。我忘了梦龙的妈妈叫梁山花。而梦龙不停口的谢字,让我浑身的汗毛都竖起来了。

我还想瞎琢磨什么,但是梦龙很坚决的声音响起来了。梦龙说这回不同,这回同以往任何一种情景都不同,你体会到没有,我舅舅将鸡蛋送给我,我再将鸡蛋送给你,这是一种表达、一种证明、一种信念,这是三个男人之间的对话。

我这才猛然意识到在这烟花三月如梦如幻的日子里,在我跟黄粱梦龙的对话中,一直没有出现一个在潜意识中我热切期待着的叫紫风的女孩。

第三章　紫风

为我们的舅舅写一部电视剧成了我近来生活的重要内容和唯一目标。因为从来没有"触过电",我的本子写得格外的认真。在这烟花三月连柳絮都知道在天上游来荡去的季节,隋炀帝在洛阳城的龙椅上落满了尘埃,却情愿冒着丢掉江山的危险跑到扬州来看琼花。而今琼花正在离我一墙之隔的琼花观怒放,并且不断有多事的风将它的香味从窗缝里送进来,我却傻傻地把自己关在四季园的屋子里写什么舅舅的电视剧。整整三天我手机没有开,电话线拔了,连楼也没下方便面就消灭掉九包。我竭力为自己营造一个创作电视剧的环境,我在屋子里踱来踱去,模样一定像只爱思考的猴子,等待灵感的爆发。

我前面说过,扬州的烟花三月是个什么都会蓬勃生长的季节,你在地下插根筷子,没准就会长成一片竹林。没有谁能否认个园的竹子就是这样长成的。但在这什么都疯长的烟花三月,我的灵感就是跟我作对,迟迟的什么也长不出来。我怀疑江郎已经才尽,文思枯竭,早没了灵感。我搜索枯肠苦思冥想电视剧跟小说的不同,电视剧要有引人入胜的情节,要有精彩的对白,要有很强的画面感,要一节一个小高潮……纵然想出一百个要有,但是我在电脑上就是敲不出一个字。我又试着翻出落满灰尘的稿纸和手感生硬的派克笔，可努力了半天竟连一点感觉也没有。我突然地很是歆慕苏童。苏童随意地挥洒着他的小说，一部一部地写着，然后在北京的大导演张艺谋、李少红、侯咏等等等等，一个个在千里之外就闻到了他小说中浓浓的电影的气味，抢着将它搬上银幕，搬上银幕就得奖。《妻妾成群》变成了《大红灯笼高高挂》，《妇女生活指南》变成了《茉莉花开》，《米》变成了《大鸿米店》，还有《红粉》。当然莫言的《红高粱》更厉害，北村的《周渔的火车》也不错，但是他们在北京，北京的作家我心里觉得跟我缺少类比性，我自私地将北京的作家放在一边。我跟苏童是在一块吃过饭的，还碰了杯，当时人很多，他将送我的书签了名，可喝酒的时候我就忘了问他怎么将小说写得富有电影的气味，我很是有些后悔。尽管我待的扬州城离苏童住的石头城在高速上只一个多小时路程，但是我总不能因为一个小说中的电影气味而去打扰或正在写作、或正打麻将、或逛着时装店的大作家苏童呀！如若那次我引发了那样的话题而又取到了写富有电影气味小说的真经，我何苦现在一筹莫展、愁眉苦脸呢。我只要为我们的舅舅写一篇充满电影气味的小说，那鼻子异常灵敏的大腕级电影导演老谋子、姜文、陈凯歌、冯小刚等，就会在千百部小说中一下子嗅出它独特的散发着电影芬芳的气味，说不定最先闻到的就是那眼光有毒的老谋子，你想拒绝也拒绝不了地就从老外手里抱回一个奥斯卡之类的玩艺儿来。当然重要的不是这些，重要的是我在烟花三月的日子完成了我哥们黄粱梦龙的嘱托，实现了我与他共谋的舅舅的凤愿。而舅舅的凤愿我觉得应该是天地间早就有的，只是现在通过梦龙这个桥梁历史地落在我的肩头。我猛然觉得快对不起自己了，费了那么多的脑细胞，自顾自地驾着想象的魔车在幻想的天空中狂飙。我混淆了，甚至还没有拎得清电影与电视在脚本上不同的制作要求，那么还是让我们拨乱反正正本清源重新回到电视剧的轨道上来吧。这样回过头一看，我马上发现了我预备电视剧写作的致命弱点，我怎么走到闭门造车的死胡同里了。策划了轰动一时的《渴望》《编辑部的故事》的天才的王朔先生，不是在传授他的真经时用了一个"侃"字么！他教导我们说电视剧就是在酒吧、咖啡厅，在哥们姐们喝酒喝咖啡的热闹中"神侃"出来的。可见，"侃"是写出好的电视剧的生命之泉和活的灵魂！

我的脑子里立马跳出了那个现代版的林黛玉紫风。紫风是诗人，而且是女诗人，跟她侃电视剧定能侃出美酒加咖啡的味道。既然电视剧是在侃中放射出光芒的一种集体智慧，而且梦龙与我有意无意中在我的居所和约见的水榭已经开了一个好头。后来是我盲目而固执地跳出了车辙，苦苦将自己关在屋子里，然后爬到子虚乌有的树上梦想去天上钓鱼，还吊在这棵虚幻的树上等待灵感这只兔子，真是愚蠢至极。既然现在一切都明白了，就应该迷途知返亡羊补牢回头是岸，因此我马上跳起来开通了一切通讯工具，并拨通了紫风的手机。

你好，紫风吗？我说，我是骑鹤，有件事想跟你聊聊，有空吗？

哟，骑骑，好久听不到你的声音了，还在闭门写你的小说么，什么事，是想收购我的素材吗，骑骑。

每当紫风称我骑骑的时候我浑身都有一种燥热的感觉，也许我太敏感了，或者自作多情。为什么她不像别人一样称我骑鹤、大鹤、小鹤？为什么？仅仅因为她是诗人！紫风的声音仍在耳畔紫纡，叫我骑骑的声波像她头上一根细长的发丝缠绕着我的心。我有些喘不过气来，声音开始发抖。我说，我想写部电视剧，为舅舅写部电视剧……

电话那边传来一串水似的笑声，我顿觉身子清爽起来。电话里说骑骑你的消息好快哟，真是秀才不出门能知天下事，我这边紫风文化传媒有限公司刚刚拿到批文，你就电视剧长电视剧短开来了，我怀疑你的额头上长着眼睛，连着美国佬的间谍卫星。

我嘀嘀笑了两声，不过是呆有呆福，有空我们见个面吧，就聊电视剧。

有点对不住了，骑骑，我在北京哩，你个小说名家加盟让我好心动哟！等我回来好吗？说真的你不找我我还想着找你呢，有很重要的事要找你，一切等到我回来好吗？

就在挂电话的时候，紫风突然问，骑骑，舅舅是谁？

我沉默了一下，也许我已经有了一种朦胧的预感，但是我不敢朝深里想，我只好用她的话来回应她，我说一切等你回来再说吧！

我跟紫风就这么约定了。我不知道对于舅舅的电视剧来说，这算不算意外的收获。反正搁下电话后，一串串释放出浓浓胃酸的气泡，带着我的疑问在我胃的深处窜上来。细想起来，我的这个哥们在烟花三月那个暧昧的黄昏成了一棵树、一只鸟巢的时候，他并不是真的沉默，他似乎是以一种吞吞吐吐掩饰着他骨子里的狐疑、固执和妄想，他从头到尾居然都没有一句话甚至一个字提到过她；他知不知道她的行踪，知不知道她那个文化传媒公司？如若不知道，为什么她刚一成立他就出了个电视剧的题目，他说为舅舅我第一次竟觉得可疑起来。葫芦里究竟卖的什么药？对于"天下三分明月夜，二分无赖是扬州"这么座月光融融、灯火阑珊的城市，他和她共同的诗集《月光下的形和影》呢！他们那首在圈内广为流传的《誓言：十五个月亮》呢？！

你是太阳
我就是你的光芒
你是绿叶
我就是花骨朵儿为你歌唱
你是小鸟
我就是悬挂在枝头的雀巢将你盼望
让我们牵手说
你是进入我身体的
古老的图腾
新鲜的琼浆
我是你的崇拜和渴望
我依偎在你茁壮的根部
芃芃疯长

我是一尊为你而生的和弦

　　只有你的玉佩能将我弹响

　　哦

　　你是赤龙

　　我就是紫凤

　　你是勃起的形和力

　　我就是追随的影和光

　　你在天上

　　我是静泊在五亭桥洞的十五个月亮

　　当然呢，我不应该有什么多心的，现在回顾起来就是梦龙和紫凤在发表"誓言诗"的时候也不是铁板一块，也不是寻不到一点缝隙的，比如最简单的就拿对我的称谓说，他一直叫我鹤子，她偏偏称我骑骑。我的伟大的名字"骑鹤"，就这样被他们个性化的刀子肢解了。唉，都是我心血来潮疑神见鬼生出了毛病，也许投射在我那脆弱心灵上的全是幻美的影子。

　　我突然对自己生出一种责备，你胡思乱想折腾够了没有？就一个电话一种老掉牙的称谓——一个烟花三月许多花儿都在绽放的下午，就这样像白花花的银子在时间之流中白白流失了。还是沉静下心，快点为舅舅写电视剧吧。

第四章 卓玛

黄粱梦龙在烟花三月空寂宁谧的黄昏时分，按响了我四季园寓所的门铃，和上次一样我感到他仍然是神出鬼没欲言又止，事先并没有给我一点信息，哪怕是在网上给点戏谑的暗示。

梦龙今天穿了一身流行的紫红色唐装，因为披及肩头的长发使他看上去像个从外国回来的财主。

黄昏时分夕照中的景致对我来讲总是写作最灵动的时刻，每每在光线变得模糊暧昧的空气中，那瘦西湖天空中的白塔和漂浮在湖面上的五亭桥，以及发出喘息声的斜阳构成的风景，总像一幅挥之不去凝然不动的画挂在我的面前。这时候我的手、大脑和身子有一种在电脑的键盘上飞翔的感觉。但是今天不行，今天黄昏的空气在颤抖，今天也没有风景，我呆鹅一样瞪着显示屏，挤牙膏似的仍然挤不出一个字，因此当梦龙出现的时候我有一种受压迫的感觉。

穿着唐装的梦龙看上去比上次要放松也精神得多，梦龙说他是穿过了青莲巷、居士巷、李官人巷这些当年李白在扬州住过的巷子来到我这儿的，梦龙说穿过这些巷子是为了寻找一种久违了的唐代浩荡的气象。他的确没有像上次一样，将自己变成了一棵烟花三月里沉默的树，而且是一棵搭着鸟巢的树。那次为什么要变成一棵树？就是为让我给他的舅舅也就是约等于我们的舅舅写部电视剧吗？尽管上次我和梦龙在临水的冶春茶社有过一次长时间的会晤，但是真正的谜底由于紫风的浮出，我怀疑我还是没有揭开。

前面我不止一次说过，梦龙今天穿了一件时髦的紫红色唐装，就是我们让外国人误认为这就是中国国粹的那种做旧的装束，这自然跟他有些波浪的长发不相匹配，使他看上去有点像个洋财主，但是我们毕竟能够会心地一笑。我们完全宽容在烟花三月的日子里，各种古怪的心情会像纸鸢一样放飞在诗人阳光灿烂澄明朗照的天空。不过我很快发现我的感觉有问题。发现问题是因为我发现梦龙手里提着许多串一种我从未见过的很奇怪的果子，它那像放大若干倍的冰糖葫芦状的外形，在烟花三月黄昏我的暮气沉沉的屋子里放出一种金黄的迷人的光。我有些迫不及待地问，这是什么稀罕的果子？梦龙哗啦一下就笑了，是哗啦而不是扑哧，龇出他那被烟熏黄的牙齿。鹤子，你真逗，明明是鸡蛋么。我更吃惊，说鸡蛋，还有在树上结出来的鸡蛋！梦龙笑得差点就把手上的鸡蛋扔了，梦龙说哥们我服你了，这真是一种大幽默，大智慧，你再瞧瞧看。我将眼睛觑上去，终于看出了他拿的的确不是树上或者别的地方摘下的果子，而是用一根根金色的麦秸编织成有无数"蜂腰"的圆筒，将鸡蛋紧紧包裹着，并像巨大的冰糖葫芦一样让人欢喜又吃惊。

梦龙身着绸缎的紫红色唐装，手里提着麦秸编织的金黄色"鸡蛋葫芦"，脸上容光焕发，这使他看上去像个具有国际身份的民间工艺美术大师。你细看，他的眼睛里其实流露出一种飘逸而略带羞涩的光，这时候我才感到他是我铁哥们中的一员，你也许在一刹那感到了什么叫做诗人。

我不认为梦龙手里拿着的是透着烟花三月光彩的鸡蛋，我认为梦龙提着的是中国最杰出的麦秸工艺美术制品，这种来自民间的散发着泥土芬芳的精灵，并不比那些养在深闺的扬州传统漆器、玉雕、铜镜有丝毫的逊色，因为它是有灵性，有生命，甚至是有思考的。

梦龙把这麦秸葫芦或者说鸡蛋葫芦平放在桌子上，它们共同构成一个迷人的平面，远远看去像一个金色牧场。我突然想到了舅舅，在金色的牧场上骑着打着响鼻、嘶嘶鸣叫的枣红马奔驰的舅舅。我突然有种感动。看来梦龙穿着紫红色的唐装绝不是为了一时赶时髦，他是想找寻一种李白的浪漫而磅礴的盛唐精神，以舅舅胯下枣红马的颜色为包装来慰藉他骚动的心灵呀！我竟然有一种负罪感。我不知道这种负罪感源于何处，呼吸受到压迫似的有些焦虑、有些气喘。我忙检讨说，我写舅舅的电视剧，我将自己关在房子里写，可是我怎么也进不了那种挥洒自如的神游的境界。

我说话的时候梦龙始终在笑，到底是穿着唐装，并在青莲、居士、李官人三条李白住过的巷子穿越而来的梦龙，在烟花三月多少有些让人惆怅的黄昏侧身倾听并露出一种长者宽厚的笑。在我的想象中这是不是舅舅的笑在他脸上的一种浮现。他果然提到了舅舅。多吃一些舅舅的鸡蛋呀！他依然笑着，这可是草鸡蛋！

我不太接受他的观点，吃鸡蛋就能写出电视剧吗，那么这个中心那个中心就毋须办什么电视剧创作培训班了，只需要让大家吃鸡蛋。再想想我还是偏激了，他是让我这种有一定创作经验的人吃鸡蛋，吃鸡蛋补充了卵磷脂、蛋白质等营养，脑细胞活跃了，一个激灵灵感迸发了，还不下笔如有神吗！你一定看到我的脸微微红起来，即使是一个软弱的红旗下的蛋，在举白旗前出于本能他也会垂死挣扎的，况且我是一个不肯轻易认输的人。我接过话头稍稍变换角度说，问题不在于鸡蛋，问题是我完全不熟悉舅舅那种生活。我记得梦龙说过我也幻想过舅舅的名字叫梁山伯。我为梦龙的说法跟我的幻想完全一致感到吃惊。这是纯属巧合，心灵感应，还是……但为了我心目中的舅舅，也为了叙述的方便，我们姑且就承认我们的舅舅叫梁山伯吧。

梦龙一点不感到意外，梦龙一脸迫切的样子说，舅舅今天又来过了，这十扎一百颗鸡蛋就是他专程送过来的，我本来想留住他或者请你过去，哪怕见上一面，但是舅舅说舅母祝英台还在家里等他，舅母祝英台在家里等他他呆哪儿都会不安心的,他总有一种感觉他走到哪里舅母的目光就追到哪里,再远她也追的,几十年来就是这样,然后舅舅一回到家舅母就会说很累特别地累,就像舅母出了趟远门。舅舅明白舅母的意思,舅舅很听得懂舅母的话。舅舅就是这样对我说的,你想想我是坐汽车出门的,而你的舅母是用她那雪域高原上鹰般的无所不能的目光飞着追我,她能不累吗?

  我看到我在烟花三月暮色越来越浓厚的傍晚皱起了眉头,一副疑惑的表情,或者一副思考的样子。我皱眉头是因为我的哥们黄粱梦龙的叙述出现了破绽。他上次叙述舅舅爱上的一个姑娘名字叫卓玛,可现在又说舅母叫祝英台。那么这个祝英台与卓玛是同一个人吗?对此我能不疑惑吗?当然,我没有轻易下结论,我在动脑筋。同一个女人在西藏的少女时代叫卓玛,嫁了梁山伯后自然就叫祝英台。看我老皱着眉头,梦龙点上一颗烟吸了一口,打着强劲的手势比划说,舅舅跟我说他出来一趟坐几个小时车特别地不容易,没有什么大事他是绝不出来的,他一出来就特别地心疼舅母,他不愿她的目光那么长久地追着汽车跑,有时候还要越坐过城市的高大的建筑,有时候在城市密如蛛网的建筑群她的目光迷失了方向她就会特别地担心甚至寝食不安。舅舅说他虽然是行伍出身,但是他还是想象得出一个人的目光要追着汽车跑该是多么费心,他特别地害怕因他的外出舅母会像一盏灯似的将身体内的油耗尽,耗得倒下来。舅舅说了这些我就完全理解为什么他执意要走,执意要回去。舅舅说即使乘夜车,路途短的话即使跑,他也要回去的,几十年来就是这样。这些都是舅舅亲口跟我说的,这些也不是我们这些无聊的文人坐在茶座里能编得出来的。舅舅说其实他已经离不开舅母追他的目光了,那温情的目光像阳光一样暖烘烘的带着一种庄稼的气息,又像一双无所不至的绵软的手熨贴着他的皮肤和心房;没有了那目光,哪怕是一会儿他就会觉得失去支撑,就会眩晕,就会有一种要瘫痪的失重的感觉。

  我不觉在烟花三月暮色苍茫的黄昏走进了梦龙为我设置的叙述迷宫,

我已经分辨不清，也无需分清这是舅舅还是梦龙的叙述，纷至沓来的感觉插上了翅膀在想象的天空中飞翔，我的眼睛在黄昏光线有些昏暗的屋子里，一定变得像一只猫眼一般晶亮，也许还蒙着一层薄薄的动情的泪水。我意识到我突然间打通了我为舅舅写电视剧的感觉，虽然那是一个片断，一个漂亮的至关重要的结尾。我并不否认或者排除在这种圣洁的情感因素中，夹杂着某些细微的功利的成分和因子。但不管怎么说，我丝毫不怀疑我的情商，我的感情因子里99.99%是绝对的又一次被舅舅舅母之间那种超拔时空的爱情所感动。

看我一脸的感动，梦龙静默而表情怪谲地坐在那里抽烟。眼前的人和物在烟花三月的黄昏渐渐在空气中浮动起来，变成一道越来越奇魅越来越不可思议的风景，我亲眼看到那蓝色的烟雾不是从梦龙如剪影般的嘴里和鼻孔冒出来的，它袅袅腾腾是从舅舅舅母在乡间的篱笆土屋里飘出的炊烟，夹杂着丝丝缕缕蒸熟的稻米的香味，甚至它来自那片烟雾缭绕的神秘的高原，那片草地像蓝天碧玉羊群像白云奶酪的遥远的高原……

我的哥们黄粱梦龙，一个先锋诗人，一个鼻子像猎犬一样卓异敏锐的家伙，他一定在烟花三月的黄昏我屋子飘浮的浓酽的空气里捕捉到了什么，他弹了下烟灰像预言家似的说，我感到你已经完全找到电视剧的感觉了，我甚至觉得你笔下舅舅的电视剧已经完成。

我怎么回答他呢，我没有搭他这个问题的腔，我不假思索地说，去看看舅舅吧，不只是为了那个电视剧。

你懂舅舅，深刻地懂！梦龙在烟花三月这个光线越来越黯淡越来越沉重的黄昏，看上去格外地冷静，眸子竟像蛰伏在那里盯着一只老鼠的猫泛起绿光。他瞥了我一眼，目光像出鞘的剑闪出一道寒光，富有穿透力的声音也从暗处如蝗虫般密集地飞过来。我有些迷恋地很想听他再谈谈舅舅，但是他谈话的口吻让我透不过气来。舅舅是个宁为玉碎、不为瓦全的汉子，他来找我容易吗？他跟我谈话自始至终没有提过一次"电视剧"这三个字的，他从头到尾就跟我谈舅母的目光，舅母追着他的目光，但实际上他每一句话对于我的潜台词都是电视剧电视剧电视剧。这是一位多么自尊自爱而又可钦可佩的老人啊！当时我就发誓——不，应该是我们，是你和我，一定要帮舅舅实现这个夙愿，我们不能让舅舅带着这一遗憾离开这个他热爱的世界！

"当花瓣离开花朵，暗香残留……"

这凄美的歌声伴着起伏的旋律在烟花三月这柳色撩人的黄昏飘了进来，给我室闷的呼吸送来一股清新温润的风，我不知这歌声来自远方，还是在我脑子里像一枝花枝生长出来。我竟奇怪地觉得这两句词天生就是为舅舅写的，我有一种紧张感，一种凄绝的沉哀，甚或是噬心的不祥。我的口吻完全是祈求，甚至像是在声音的刀尖上跳舞。我们去看看舅舅吧！我们……我的心一阵紧缩，像被谁紧攥的拳头猛击了一下，我也有一个夙愿在心里疯长，并且将我心房撑得巨大，以致压迫得我整个的人喘不过气来。我完全明白了，不去看舅舅，我的灵魂就一定不得安绥的！

我们一起去吧，我，你，还有……梦龙仿佛松了一口气，梦龙想说的还有那个省略号中一定是紫风。

我来找车子吧！我心里竟欢呼雀跃，像要去朝拜的感觉，一种圣洁的情感自天灵盖慢慢向我的全身漫延，似暗香浮动在这烟花三月欣悦的傍晚，而以前我是一点也不相信这类东西的。

去吃点什么吧，嘴巴里要淡出鸟来。我自然听到了梦龙肚子里咕咕的叫声，然而口吐黑旋风李逵的名言，着唐装、又寻访了李白当年小巷的梦龙，就是谈吃也要比我神定气足得多，一副波澜不惊的大家模样。比如，淡出鸟来这话，在李逵是豪迈，在我这里是流言，在他嘴里就是诗，这使我清醒地意识到我是一个多么庸常的俗人。

我们在烟花三月的最后一抹夕照中来到了菜根香，来菜根香我们并不是真的为了菜根，我们的馋虫其实早已爬到了嗓子口，我们点了扬州著名的"三头"：清炖狮子头、拆烩鲢鱼头、扒烧整猪头。我们都是食肉动物。不点"三头"我们觉得不煞心火。蔬菜只是一种点缀。我们还要了两瓶藏秘香格里拉。不等梦龙开口，我先要了干白，我说你喝干红吧，我们各喝各的。在我的想象中，干白是舅舅，干红是舅母。我喝了口干白，不仅有葡萄味，我还品出了青稞的滋味，雪莲花的滋味。我与梦龙先干第一杯，用那种晶莹剔透有些像含苞的雪莲花的高脚酒杯。才干第一杯，我仿佛已置身于那神秘而遥远的高原。几杯酒下肚后，我又一次感觉到梦龙的叙述破绽百出，舅舅怎么会坐汽车呢？舅舅一辈子也不会坐汽车，舅舅永远只是骑马。我现在就骑着马，也许就是当年舅舅骑过的打着响鼻嘶嘶鸣叫的枣红马，我也看到了舅母越来越年轻的目光，舅母的目光从祝英台变成卓玛又变成雪莲（这第三个名字是我喝酒时叫的，梦龙说的，还是奴隶主老爹起的？似醉非醉中真不记得了）。但舅母那目光是玫瑰色的，说是红葡萄酒一样又甜又酸又火辣辣地也许更让人心动。那目光的确会追的，它有一对洁白的翅膀，扇动着直追骑在枣红马上舅舅那高大魁梧的背影；舅舅骑在箭镞上似的在奔驰的枣红马上也在追，他在追舅母雪莲那颗鲜红而纯洁的心。舅舅和舅母就是这样追来追去。我和梦龙杯子里的酒就这样干来干去。兵来将挡，水来土掩。我干白过去，他干红过来，他红的过来，我白的过去，就这样红的白的、白的红的，我们各自将一瓶酒都喝得底朝天了，喝得我们自个和酒瓶都仰在一旁。

　　我前面说过，我不觉从烟花三月的扬州腾空而起，已经置身于那神秘而遥远的雪域高原，我骑着马，骑着舅舅那匹打着响鼻嘶嘶鸣叫的枣红马。那聪明的老马自然是认得路的，不要我多想就让我见到了我那日思夜想神灵般的舅舅。我发现我酒后的叙述充满了醉态，实际上我和舅舅相逢的一刹那就合二为一，我是舅舅的过去，舅舅是我的未来，现在我就是舅舅。虽然我的眼里有些朦朦胧胧，但是我绝不会弄错坐在我面前的有些虚边又有些晃动的人影儿，就是我的外甥黄粱梦龙。我正襟危坐，我的表述也许有些不够连贯，但肯定异常清晰，我说：你的……舅母……雪莲……的目光是会飞的，的确会飞！

　　我的穿着唐装、从扬州李白住过的巷子走来的外甥黄粱梦龙，正歪着头竖着眼睛斜睨着我,他的声音弯弯扭扭像扭秧歌似的模糊不清,但是我还是听懂了,他说的意思翻译过来就是,这我懂,你这是变着法子暗示我,想我写你说的电视剧,目光哪里会飞,只有电视才会从那高高的塔上长着人们看不见的神秘的翅膀四处飞的。

　　我拍拍梦龙的肩膀,我说外甥,你醉了!

第五章 暗香

　　我的外甥梦龙肯定是醉了，他躺在菜根香包厢的沙发上四仰八叉，身子沉沉的像块石头又软绵绵的像堆棉花。我跟你说过，生姜还是老的辣。可是你个小子跟我抬杠跟我对抗。但是今晚怎么样？哈——我是白的，你还是红的，怎么样，你却撂倒了，不是我有意要撂倒你，是你自己挺不住了。你才喝了多少一点？像你这个年纪，我在西藏我追你舅母雪莲那阵，我喝了十八碗青稞酒呀！比武松如何，当然比武松英雄啦！有专家考证过，武松当年在阳谷县过景阳冈前喝的是米甜酒。当然，喝米甜酒也不简单，一般人喝三碗就会醉的，而且醉得不得醒。你还是个诗人呢，你能喝多少碗？唐代那个在扬州卖过铜镜的李白倒是斗酒诗百篇，他了不起，是个喝酒的英雄。他是大唐皇帝赐给他的酒，他要跟皇帝面对面喝的，是皇宫月宫天上人间的酒，自然是美酒琼浆，他喝得得意时就说，花间一壶酒，举杯邀明月，对影成三人。酒成全了他的诗，也成全了他与扬州这座月亮城的机缘，扬州城留下了他永不磨灭的足迹和诗篇，扬州城的月亮因为他而特别圆润也格外婀娜多情，不是有句诗吗，天下有三个月亮，有两个就在扬州。一千多年过去了，有多少东西生生灭灭，但是只要你一拿起他的诗就能闻到飘飘欲仙的仙气和酒香，还听到他站在船头上吟唱烟花三月下扬州的豪迈声音。对，他给扬州做了最伟大的广告，腰缠十万贯，骑鹤下扬州。你那个朋友骑鹤名字就是这么来的，是笔名，真名反倒淡忘了。淡忘了就淡忘了，但有一点你不能忘，如果你在扬州城的空气中在扬州的巷子里闻到了带酒气的仙气，或者带仙气的酒气，那就是你撞上了诗仙了。不过，说到底李白是诗人，李白就是酒，酒是水又是火，他不可能永远都让皇帝老儿李隆基和那个胖美人杨玉环开心的。就像你舅舅我，为了追你舅母，不可能总让组织关心的，从这个意义上说我也是诗人么！诗人说倒霉就倒霉的，倒霉就要吟唱，借酒浇愁愁更愁，抽刀断水水更流，还是酒成全了他，喝得酩酊大醉就到水里捞月亮，他死得是多么诗意多么浪漫多么快乐！这是一个诗人的死，他的死是最后也是最动人的诗篇！杜甫也不简单，杜甫喝的是浊酒，穷困潦倒浊酒杯，但他也能喝，而且喝出了一部史诗。躲在没有月光的西风茅屋下的老杜，是远离而且冷视扬州这座"奢侈而放荡的城市"的。这不是我的创造，这样形容唐代的扬州，如果我没有记错的话他是谢弗这个美国佬。相比之下，宋朝的那个欧阳修就差劲多了。差，是指喝酒。这位文章太守应该说官当得不错，在平山堂前种了许多的柳，然后倚在柳树上看着江对岸的金山宝塔，把酒葫芦系在腰上做做样子，口口声声吟咏着"平山阑槛倚晴空，山色有无中"。但是这位博得"欧公柳"美名的先生喝酒早没有了大唐气象，他也喝酒，写了篇《醉翁亭记》，可是他却鼓吹说醉翁之意不在酒，以至谬论流传至今，除了给安徽那座山那个亭子做了个旅游的广告外，我看他是酒的叛徒……

好，外甥，你要吐，那你就吐吧，我有这方面的经验和体会，吐了就会舒服的，噢，你干作哇，你吐不出来，吐不出来你会用手指抠吗？你不会就忍着，只一会儿，我们骑马回家。对，是舅舅我那匹打着响鼻嘶嘶鸣叫的枣红马；对，我和马的牙口都不如当年了，但是我们精气神还行，还不是朽木一块，马还能驮两个人，我还能喝十八碗．不像你，小子，X啦！好吧，我们就走好吗，回家。我看到你舅母的目光了，那追过来的潮湿的目光，像酒一样清澈透明、温暖滋润。你说什么，你看不清，你怎么会看得清,你已经醉眼朦胧了。你看不清的还多着呢,漂亮的服务小姐来过三次你看清了吗?你对给服务小姐用漂亮这么个字眼有意见,这你就不懂了,这就是我们上个世纪五十年代的那辈人懂得礼貌、懂得尊重人,现在也不是称同志的年代,你总不能说人家姑娘是癞蛤蟆丑八怪吧。什么?你说什么将她跟你的舅母比,她怎么能跟你的舅母比,这简直是对你舅母的亵渎。你舅母当年是什么,是月光、清风和雪莲,说什么也是高贵的天鹅。这个小姐充其量只是那月光下的影子,清风过后的闷郁,雪莲旁的冰渣渣,美死她是只乱扑腾的丑小鸭。这些丫头都是化着又浓又艳又俗的妆,像戴着假面具鬼脸子。什么?小姐来三次是暗示,催促我们走。她敢催我们走。你知道这什么什么香的"先锋沙龙"都是谁弄的,是我当年在西藏的老部下的儿子的儿子,也就是孙子开的,这些服务小姐又是孙子的孙子。我是谁,我是老太爷。只要我不乐意,我一个电话,不炒这丫头片子的鱿鱼才怪哩。不过我恋这丫头还挺用心的,听我一个老古董似的老头子海阔天空、天南海北地夸夸其谈。现在这样的女孩子不多,真的稀罕,本来嘛!什么叫Salon,这是从法国巴黎舶来的词汇,就是谈诗,谈酒,谈马,谈神秘的高原,谈月光。至于先锋,先锋就只能从小姐身上体现了,黑背心、超短裙、露脐服,还有丰乳、翘臀、瘦身、割双眼皮、抽掉一两根肋骨。当然这算不上真正的时尚,风流人物永远属于扬州的"红兜兜",我唱给你听哟:妹妹今年十八九,胸前围着红兜兜,兜住两只香馒头,哥哥真想咬一口!小姐你不要笑,你以为我醉了。我不可能醉,我是霎时饮,霎时醉,霎时醒,我说的是不是真的,你不要以为我这个从高原来的舅舅就土老冒得什么都不懂。我们那时也很时尚,年轻的时候谁都时尚,我穿一身土黄的军装,就是阿米尔穿的那个样子,电影《冰山上的来客》看过吗?那个追阿里古尼姑娘的阿米尔,当然他只是一个战士,我那时已经是中校团副,我追的是比雪莲花还美的一个女孩。我俩骑着马,一匹打着响鼻嘶嘶鸣叫的枣红马。噢,你去把我的马牵来,怎么会没有马呢?不是跟你说过多少次了,枣红马,枣红色的,那种喝汽油跑起来就没命的马。什么,那不叫马，叫汽车叫出租叫 TAXI 的。你个丫头片子弄错了，那不叫马叫什么？我吃的盐巴比你吃的米饭多，走的桥比你走的路多，就叫马，当然叫马啦，是那种拿鞭子"打的"马嘛，打的，打的，马上打的……

我的外甥梦龙你看到了没有，我没有老，我的枣红马也没老，它在这跟天安门广场一样平坦的草原上跑得多欢呀，它在撒欢呢！

好，到家了，下马吧。我不要你扶，还是让我来扶你。我不老我身子骨还硬朗，我酒喝得比你多，你是红的我还是白的，但我又没有醉这就是最好的证明。你看到了吧，这两道像柱子似的远远射过来的亮光就是你舅母的目光，你舅母的目光好温暖好神奇，在夜空里分外美丽分外妖娆，月亮星星霓虹灯都比不过它，都会在它面前黯然失色。

好，我来开门，我的钥匙到什么地方去了，门锁着，我掏不到了。你不要以为我老朽了老糊涂了。不对，大大的不对。我是不习惯，几十年来还是不习惯。我们那时候在那神秘的高原上是没有锁的，人和人的关系透明得就像那冰，纯洁得就像那雪那盛开在冰山上的雪莲。我就是在那阵子迷上你像雪莲花般蓬勃开放的舅母雪莲的。你舅母雪莲在屋子里听到枣红马的得得马蹄声就会出来迎接我。今天你舅母在屋里也会这样的，只是她出远门去了，但是我感受到了她的目光，她那笼罩住我的柔情似水的目光。有了你舅母的目光我心里就亮堂了，你看我找到了钥匙。外甥，你是写诗的，你一定知道有首牛皮很大的诗叫《中国，我的钥匙丢了》。这种事，只有你们诗人做得出来；这种话，也只有你们诗人才说得出来。这么轻飘飘的，就像一个孩子对他的家长嘟囔道：爸爸妈妈，我的脑袋丢了！我的外甥，我不是责备你，我说话从来是对事不对人的，我是说现在人心太浮躁，钥匙说丢就丢了，丢了钥匙就是失去了家园呀！就进不了伊甸园呀，那里还有什么亚当与夏娃？你不要跟我翻眼睛，我这不是扣帽子打棍子给你们穿小鞋，你倒说说看，没有了钥匙，你还怎么走进诗歌的门？当然，还有电视剧的门，你那个梁山伯和祝英台的戏还怎么唱？！

快进屋子，快进。屋子里暗香浮动。什么当"花瓣离开花朵"，那全是电视剧弄得玄玄乎乎、神神秘秘。浮动的暗香一定是你舅母雪莲留下的吧。你看，这麦秸编织的金色的鸡蛋糖葫芦，绝对是工艺品吧，而且是绿色手工实用工艺品。越是民族的就越是世界的，那么这鸡蛋糖葫芦就是世界性的了。这可是你舅母用麦秸一根一根编织的，这可织进了你舅母的心血，你看金黄金黄的闪烁着金子一般的光泽。这可是你舅母送给梦龙你的礼物，多么珍贵的礼物呀！

喔，外甥，嘴干是不是？来，咱再喝一点，润润嗓子，我那暖壶里是没有开水的，我那暖壶里只有酒。来，喝一点，少喝一点，多喝一点也无所谓，舅舅我都喝了，你个外甥不喝说得过去吗？什么，你说什么，没有菜。真正喝酒哪里要菜。外甥，你是文人，你品品这词什么味儿——品酒，酒是要品的，重在一个"品"字么。又要说到武松了，武松那酒的喝法是牛饮，大碗喝酒，大块吃肉，咕噜咕噜朝喉咙里灌，直至酒足饭饱，打着饱嗝，放着响屁，他懂得品么。还有武松打的大虫，说是一条怎样怎样的白额吊睛斑斓发情期的猛虎，好生了得！《水浒》上将武二郎描写得何等英雄，说扬州评话的王少堂老先生更是将小武夸耀得天上有地下无的，这都是当事人为吸引人的眼球和耳朵所进行的艺术夸张和创造，是为赚人的眼泪赚人的钞票么。其实据考证，武松打的是一只病虎，足有一个礼拜不吃东西了，他还打了三拳两脚，实际上连小脚老太婆一拳也能揍扁它，一脚也能踹死它的。偏偏姓武的运气好，碰上了，披红戴绿，跨马游街，热闹非凡，风头十足，千古流芳，永垂不朽。相比之下，你舅舅我就没有武松的那种好运气了，但是我要说出来，我必须说出来，我不能不告诉你，我不吭不哈这事就会在我的肚子里腐烂，并且随着我肉体的灰飞烟灭而被彻底埋藏掉。我不怕说到死，不怕，我都过了古稀之年了，何况我是马克思的信徒是彻底的唯物主义者。我的不幸是我没有遇到一个谈虎色变、胆小如鼠的阳谷县令，实际上我那时已经是中校团副了，但我们的麻子师长是个胆大包天、杀人如麻的家伙。他不止一次地跟我们炫耀，说枪打的不算，就巷战、就拼刺刀，他亲手捅死的敌人就不下一百个，他因此战功赫赫，名声大振，平步青云。他挂在嘴上的一句口头禅是，老子毙了你！当我打死了一只老狼精，一只狼的大王，一群曾与这只老狼周旋过的游牧民过来给我献哈达，甚至要给我请功时，正巧来我们团巡视的麻子师长给撞上了，他说，什么球玩意，一条破狼，当我们是游击队，是打猎的，是土匪，再折腾，老子毙了你！不是我要哈达，更不是也不可能是我要战功，老百姓认为这事重大，认为我为民除了一害总是真的吧。

　　刚才我说过，这事我要讲出来，我必须讲给你听，讲给我的外甥讲给一个诗人听，我不是要你写成史诗写成英雄传奇，我有这样的野心和欲望吗？其实它是天地间早就存在着的，我不能因为我的原因而埋葬它，将它埋葬腐烂在我的肚子里。刚才我说过，我打死过一只狼，一只老狼，一只狼的头、统帅、首领或者说酋长。

　　那是一次我去与你舅母约会的路上，天色已晚而且阴沉，我骑着我的枣红马，跑起来得得响的枣红马，那打着响鼻、嘶嘶鸣叫的枣红马，但是枣红马走着走着走来走去我发现它却在原地兜圈圈，老马识途呀，更别说我这匹训练有素身经百战千里挑一的枣红马呀。我的第一反应就是遇到狼群了，果然就发现了黑压压一片的狼群，狼群将我和我的马包围了，而且包围圈既小心翼翼又阵法整饬地收缩。我的马转的圈越来越小，我们已经没有退路。我的枣红马仍然在转着圈，它竖着似削竹般的耳朵在机警地转着圈，我领会到它是在寻找机会突出重围，我的聪明的枣红马，我的与我生死相依的枣红马。但是狼的势力太强大了，狼们灰色的轮廓在我眼前抖动着一波波向外蔓延，又像浪头似的自后向前在耸立和凝固中变幻成一种狰狞，令人心寒和胆怯。四周从来没有过的寂静，天色越来越昏暗，远处的群山已经隐去，狼们没有嗥叫，周围的空气却在颤抖。我的枣红马的得得的马蹄声就在这死寂的高原穿行。我嚯地拔出了我的勃郎宁手枪，带着我体温的勃郎宁手枪。我说过我那时候是中校副团长，我可以不带警卫员，但是我不可能不带我的勃郎宁手枪。我打开了保险，我开始在马背上瞄准。那哪里是一群狼呀，那是一群狼精，它们在我瞄准的一刹那，狼们的眼睛全通了电似的一下子亮了，是那种绿森森的亮，那种亮毒虫一样钻进你的骨头缝，让你的浑身有一种阴森森风嗖嗖的感觉，连我那身上弥漫着硝烟味的枣红马也失去了往常的镇静，我明显地感到它步伐的紊乱和肌肉的紧张。狼们越来越近地逼近我们，狼们也骚动起来，我感觉到狼们越来越粗重的呼吸，像一片从地心里发出的地声，低沉里透出一种直逼人魂魄的震撼。我正在瞄准，正在马背上瞄准，我的手脖子抖了一下。我逼视的老狼，这个狼的头、首领或者酋长，这个狼的魂灵，它的呼吸那么地平和，但它的眼睛却透出诡秘、狡诈和凶残。它的样子看上去像雕塑似的一动不动，但它的身上的确散发着一种攻击性的，随时都可能跃起来连钢脖子都能咬断的隐蔽性威胁。我的枣红马还在跑，跑得更加的急躁，那是从马的五脏六腑里透出的一种急躁，从射击的角度讲我希望马停下来，但是一停下来哪怕慢一个节拍，危险也许是悲剧就在那瞬间发生。我再一次开始瞄准，我的右眼皮跳了一下，手脖子又抖了一下。我看到老狼的眼睛变得温柔起来，它甚至还在微笑，我清醒这是老狼在我的枪口下给我的最后的迷惑，抑或它觉得已经稳操胜券，我和我的马已成了它口中的肉。距离已经很近了。我和我的枣红马与狼们简直就是一种近在咫尺的对峙。老狼，这匹狼的头、首领或者酋长，这匹狼的统帅，只要它发出一个信号，我和我的枣红马顷刻间就会被狼群撕成碎片，我们的血就会流到一起成为狼们庆典上的美酒。奶奶个熊，你还是个副团长呢，还是个中校。球！我在心里臭骂自己。我这时候想到了雪莲，就是为了雪莲为了你未来的舅母我说什么也不能死呀！我骑在还在跑动的枣红马上，宛如坐在一块坚硬的红色岩石上。我根本毋须凝视屏息，雪莲——这花与你舅母身体混合的芬芳裹紧了我，这独特的芬芳化作我呼出来的鼻息，一切都那么恬静而美好，我的眼睛、枪的缺口、老狼的眼睛三点构成了一条清晰的直线，我扣动了扳机，枪响了，我的勃郎宁响了，响了两声，老狼的一只眼像灯似的熄灭了，老狼的另一只眼也像灯似的熄灭了。星星纷纷坠落。那不是星星在坠落，那是狼们在四处溃散。我的枣红马兴奋地打着响鼻，嘶嘶鸣叫，然后撒开了马蹄在世界第三极那暮色的高原上一路狂奔。我的枣红马热血沸腾，兴奋使得它通体变得滚烫通红。我顷刻间也被这种岩浆似的火焰点燃，我和我的马都变成了那种艳亮的红色，像一簇巨大的火把，更像一面红色的旗帜在暮色的雪域高原上猎猎飘动……我骑着我的马狂奔了一阵，我们又折回来，我将那匹身子还柔软的老狼搁在了坐骑的马鞍子后面，这是我们的战果，也是我们的礼物，我要将它献给你未来的舅母雪莲。

月亮还没有升起，星星缀满了宝蓝色的夜空，多而又密，我怀疑这满天星星就是曾经包围过我和枣红马的狼们的眼睛变的，否则它们发出的光为什么颤抖而又胆怯。有疾驰的马蹄声从四面八方靠拢过来，越来越密集。我感到我的枣红马越来越轻盈灵动的身子不是在奔跑，它是长着翅膀飞呢，我的身子和我的心情跟着马在一起飞动，背着自制土铳枪和弓箭的猎人和牧民陆续围过来了。我至今都想象不出来，他们是怎么知道我打死了那匹足智多谋、阴险狡诈、嗜血如命，与他们在周旋中让他们吃尽了苦头甚至付出了血的代价的老狼，他们一定是千里眼、顺风耳，他们的鼻子一定比世界上最出色的藏獒的鼻子还灵敏一万倍，或许就是一种神奇而天然的心灵感应吧。猎人和牧民们渐渐围过来了，他们给我的脖子、给枣红马的脖子围上了一条条像雪莲花一样洁白的哈达，我和我的坐骑在这一刻真的体验到了作为人和马，作为一个生命在这一生中最高的荣誉。猎人们用耗牛粪燃起了熊熊的篝火，篝火散发出暖烘烘的带着骚味的热量，有股气从小肚子底下蹿上来让人有一种荡气回肠的感觉。猎人们七手八脚从马上拖下老狼，只一刀就挖出了瘀着黑血的狼心，放在火上烤得哔哔剥剥香味扑鼻。似乎要搞一个什么庄重的仪式，青稞酒倒了一海碗。突然在人群里他们就推出了你未来的舅母雪莲。

月亮升起来了，银色的月光洒满大地，你舅母的眸子比月光还明亮圣洁。我流星大步跨上去，把我脖子里的哈达献给我心爱的姑娘。我单腿跪下，我说我爱你！我说海枯石烂、天崩地裂不变心！你未来的舅母雪莲眼里泪光闪闪，你舅母眼里有月光在流动。一位拖着银胡子的猎人，给我俩吃了糖、盐巴和刀尖上的狼心,你舅母一小口一小口,我是一大口一大口,我俩将一海碗青稞酒一饮而尽。人们欢呼起来,几十个猎人举着几十杆各种各样的火铳子朝天上开枪,火光冲天而起,硝烟弥漫。这一次,实际上成为了我和你舅母的婚礼,也是我们今生难忘的节日,当时此起彼伏的枪声在阒然的原野上激起阵阵回响,成为我们生命中永远的礼炮。篝火烧得正旺,火光在每张被高原紫外线照成紫红色的脸膛上跳动,人人都喝多了喜庆的酒,醉眼云一样飘逸、水一样流动、月一样朦胧。我的枣红马耐不住了,它前蹄刨着地,打着响鼻、嘶嘶鸣叫,它是在呼唤我呀。我携着你舅母的手,双双跃上马背。枣红马像一支红色的响箭呼啸而出,得得的蹄声将满地的银色月光揉碎……

外甥,我的梦龙外甥,舅舅跟你说这些不是要你去写史诗去写英雄传奇,舅舅说过,这些都是半个世纪前天地间早已惊天动地惊心动魄地发生过的,舅舅告诉你,是不想因为舅舅的沉默而腐烂葬送了这段历史,在这个美好的晚上我要将它还给飘动的云、流动的风和朗朗的月光。人老了,以前的枝枝桠桠恩恩怨怨坛坛罐罐陈芝麻烂谷子都异常清晰起来,都像浮雕一样凸现在眼前。你舅母一再吩咐叮嘱我,看到外甥你个糟老头子可别乱说呀。我怎么会乱说呢,我还当过中校副团长吧,这点分寸……只是今晚的美酒勾起了我无限的感慨和追忆。那月光下的青稞酒,是载着你舅母泪光的葡萄美酒夜光杯。那枣红马,拿着火铳和弓箭的猎手,我甚至怀念那只狼们的头或者统帅或者首领或者酋长的老狼,它的眼睛像一盏又一盏的灯一样熄灭,它的心正在刀尖上跳动。你想想,没有了对手的你舅舅是多么落寞……

好,梦龙外甥,你是诗人,我看出你听得摇摇欲"睡"了。你提不起精神是不是?那么我们谈谈诗人,就从诗人的落寞谈起。落寞使海子在山海关卧轨自杀了,留下千古之谜。落寞使躲到新西兰还不够,又躲到偏僻的激流岛上的顾城,杀了妻子又将自己永远地悬挂在历史的大树上,是他用利刃砍断了诗歌、爱情和包括他在内的两条年轻而鲜活的生命。其实,顾城在生命的暮秋是多么幸福，幸福得让每一个男人嫉妒。但妻子和情人像两团燃点不同互不相容的火深深地烙痛了他，痛得连整个的海洋也挽救不了他。

他们为什么落寞了？以我一个拿枪杆子的武士之心来度拿笔杆子的诗人之腹，是不是在诗歌里他们再也找不到对手了，还是在他们创造的真实中再也找不到美酒、神、性，或许他们就是在生活中彻底地阳痿了？！

我不要你回答的，我的伟大的诗人，我的睿智的外甥！我是喝酒喝多了，还是我是一个赤裸裸的精神病患者呢！

好，我们喝酒吧，继续喝酒……

第六章　迷宫

黄粱梦龙在烟花三月容易让人沉醉的夜晚动弹了一下，又动弹了一下，梦龙就醒来了。梦龙红着眼睛说，喝，喝酒，你以为我喝多了吗？其实你一路的絮絮叨叨，你每一个故事的每一个字每个音节甚至下意识的嗯啊哈呀，都像鱼儿似的不可能在我的语言之网中跑掉。你看我似醉非醉、似睡非睡，还躺着，但是我思想的雷达一直在捕捉个不停，即使你最细微的脑细胞中的信息光斑，也休想从我的视网膜从我的中枢神经中逃脱。

我懒得跟他抬杠了，我是舅舅么，舅舅总有舅舅的气量，舅舅总有舅舅的尊严，舅舅总有舅舅的风度。当然舅舅自有舅舅理。我扳开暖壶，从那里面倒出两杯清澈透明的液体，液体腾腾的冒着暖气，我说，外甥，喝点刚温的酒吧，润润嗓子。我感到嗓子在冒烟，像一把锯屑塞在喉咙口，由此及彼我推测到我的外甥梦龙的嗓子也一定在冒烟，果然他端起杯子喝了口说，爽！

梦龙没有因为酒的滋润而感谢我，梦龙乜斜着眼睛口出狂言说，让我先来确定一下你的身份，你是我舅舅，又不是我舅舅，你是介于我舅舅与不是我舅舅之间。这就是我为什么似醉非醉、似醒非醒地躺着，但又没有打断你的话的原因。

我有些生气有些不高兴。但是我是舅舅，我不能什么都摆在脸上，但是我也不能不表明我的立场，我说梦龙，我也不喊你外甥了，我是玩枪杆子的，你是要笔杆子的，你说的话朦朦胧胧的有些像你写的诗，是不是酒喝多了的缘故。

梦龙又端起杯子喝了一口，说我怎么会酒喝多了？诗人就是酒的化身，李白斗酒诗百篇，我虽算不上是当今一个完整的李白，算半个总可以吧！我敢肯定而且负责地说，我，黄粱梦龙，加上紫风，就是我和阿紫加起来肯定是一个完整的阴阳调和、形影不离的当代李白。

我的嗓子还在冒烟，我端起杯子又喝了一口，我要用还清澈透明的液体浇灭我心中的火焰，只是我理解不了我的外甥梦龙的话，我说，不就是那个会喝酒的李白，你酒量诗名又不在他之下，为什么客气甚至虚伪地只承认半个？

梦龙笑了一下，我跟阿紫分手了，只能算半个。我愣了一下，感到了身体的震撼。梦龙微微的笑中夹了一丝飘逸和深沉。古人云，月盈则亏，日亏则满。我的外甥梦龙将他的长发潇洒地甩了甩说，谁傻到要亏不要盈？要亏不要满？但是东坡先生用他官场一贬再贬的生命体验吟唱道：月有阴晴圆缺，人有悲欢离合，此事古难全。苏学士在吟唱月亮的时候，一定想到了诗人中拼着命追求月盈的浪漫主义先驱屈原夫子。一千年后的郭沫若不但想到了，而且还在戏里送屈原一个婵娟，但这个虚假婵娟除了多赚了些观众廉价的眼泪外，并没有改变屈夫子跳汨罗江的命运。就连这个曾经风流倜傥、才情恣肆，娶了一个日本、一个中国两个老婆，奠定了中国新诗基石的郭沫若，后来在痛失爱子的政治漩涡中也一定阳痿了，不要说他后来的那些诗歌连打着栽秧号子的村姑都不要听，就连他自己面对那得过巴拿马博览会金奖的百年茅台陈酿，也难以咽下一口，只落得独自垂泪。

我偶尔地应答一下，实际上我对他的话题中涉及到紫风的极感兴趣，对其他的一点不感兴趣，我甚至打起了呼噜。但对我感兴趣的梦中情人林黛玉——紫风的话题他却闪烁其词，一笔带过。而对那些我感到玄乎的东西，我的外甥梦龙正讲得神采飞扬，我感到他这是一种炫技，技痒难熬，做着一种快感的游戏。我甚至感到他的话，像一些灵活而讨厌的苍蝇在我面前嗡嗡地飞来飞去，赶也赶不走。他的酒是不是完全醒了我不知道，但是他的叙述或者说是演讲，跟刚才的我一样已入无人之境。从我刚才初步的体验来看，表达的确是一种欲望。梦龙是我的外甥当然比我更年轻，而越年轻他的这种表达欲就越来得强烈。你看，我都睡着了，但是梦龙竟将他的表达追到了我的梦里，我怎么好拒绝呢！

梦龙的声音像一只小虫子似的在我多彩的梦境中滑行，也许仍是一只苍蝇，但是却是一只美丽而忧伤的苍蝇，蓝的、红的、黄的、绿的，不断地变幻，有阵子甚至变成了黑的，但是梦龙的声音就像被浪头打下去的小虫子，一次又一次顽强地从我五彩缤纷的梦中探出脑袋来。

梦龙说，刚才我说到哪里了，说到郭沫若。唉，到了二十世纪末的时候，那些诗人可惨了。刚才我不是说了，月盈则亏，月亏则盈。拿这个我们中国老祖宗发现的法则，你一看海子这可怜的孩子就什么都明白了。海子在他的诗歌里在他创造的世界里他是盈的，他是神仙他是国王他是富翁他嫔妃成群他要什么有什么，他简直是待在天堂里；但是在现实生活中，他则亏得一塌糊涂，他没有 Money，像个虫子，蜗居在斗室里吃上顿愁下顿，他青春年少风华正茂但是穷得眼镜只能用铁丝缠着，女孩子远远地窥视他像看到一个奇怪的动物然后她们一个个又风筝般远去，他根本就弄不清女人是怎么回事是些什么样的精灵，带着研究者的困惑深更半夜去敲一个女诗人的门女诗人却把门关得更紧，一点没戏了，他唯有独自品尝着煎熬和单相思的苦酒。你看看，这种盈亏天大的不平衡，他不卧轨谁卧轨。再说顾城，他的盈和亏又是另外的一种不平衡。顾城原来是极富天赋才华的，瞧瞧他诗中那些让你吃惊又惭愧的意象呀！但是后来在那个荒岛上他已经再也写不出诗了，亏了吧，亏得很厉害，亏得一塌糊涂，对一个诗人这意味着原创精神的枯竭。古人说江郎才尽，他自己不揪着头发骂自己行尸走肉谁揪。而这时一位老诗人正在瑟瑟秋风中吟唱：有的人活着，他已经死了！他曾经是一位怎样少年得志的诗人，现在却在像他的心情一样不平静的涛声中，悲哀地听一位垂垂老矣的诗人不无嘲讽的吟唱。他是怎样亏呀，可以说亏得血本无归，亏成穷光蛋亏成丧家之犬了。但是在现实中他盈，他自负，他骄傲，他膨胀，他让人眼热地作为一个诗人漂泊在海外，连黄头发蓝眼睛的老外也对他的诗顶礼膜拜，他的身边两个花骨朵样的女人与他朝夕相处，为每天晚上谁跟他睡觉的事明争暗斗争风吃醋，甚至大打出手，在那个耸立于大海中的激流岛上他可是国王与王国呀！终于，王国倾斜了，一个女人的出走他将之怪罪迁怒于另一个作为妻子的女人，女人是祸水呀女人是祸水，这千年的古训一定像蛇一样纠缠咬噬着他。盈与亏在作为诗人与男人的他身上错乱了、断裂了、颠覆了，终于三个人的王国崩溃了，他手握寒光闪闪的利斧砍向那作为他生命另一半的女人，而他自己也将一副已被盈与亏掏空的皮囊吊在那株像十字架的枯树上，永远倾听大海呜咽般地歌唱……

　　我的梦境随着我的外甥梦龙的叙述不断变幻，血红的海、绿色的阳光、燃烧的树、发霉的日子、水迹斑斑的诗歌、紫色的爱情，雾一般的烟花三月，终于全部坠入深深的黑暗，但是梦龙的声音在消失片刻后又一次顽强地冒出来，幻化成一只屁股上点着绿灯笼的萤火虫在我漆黑的梦中嗡嗡飞行。

　　梦龙说，我们的老祖宗发现的这个盈满则亏、亏满则盈的法则太厉害了，谁违背了这一法则谁就遭到最严厉的惩罚。但是舅舅你不一样，你是盈与亏这个平衡木上的奥林匹克冠军，你和舅母的爱情堪称上个世纪全人类的经典，你是我们的典范和楷模，我要向你学习，我要向你致敬，我要向你求教。

　　我一定在梦中笑了一下，我的外甥梦龙一定误以为我在他的奉承中得意，其实我是对他报以一丝感激的，是他语言的萤火虫给我漆黑的梦中带来一星亮斑，使我和我的枣红马不至于一失足坠入那无边的黑暗。

梦龙说，真的，我不是跟您客气，或者跟您虚伪，我特别地羡慕您和舅母那种盈和亏几十年来不变的平衡与和谐，你们那辈人能相互守着那么长的时间，把半个世纪的情和爱当作弹指一挥间，有人嘲笑你们是麦田的最后守望者，但是我不，我是真诚的，我特别地钦慕。我知道您不会笑我实用哲学，笑我病急乱投医，笑我……有个女孩子您从我的诗中一定读到过，也许刚才我已经提到过，对，紫风，那是个多么好的女孩儿，我们共同写过一首诗《形与影》：哦／你是勃起的形和力／我是追随的影和光／你是天上的月亮／我是五亭桥洞静泊的十五个月亮。我们真的形影不离，如胶似漆，比翼双飞。我们在"形对影"和"影对形"的对话中升华、飞翔，我们在合二为一的"形影和歌"中追求的是一种永恒而超拔的大境界。但是现在花瓣儿已经离开花朵，如果说我俩合在一起算作一朵花儿的话。也不知从什么时候起形与影开始对立，卿卿我我变成了恩恩怨怨，我也搞不清花朵是形呢、花瓣是影，还是花瓣是形呢、花朵是一影，所以听到那首歌我特烦，当花瓣离开花朵，暗香残留……都什么辰光什么景象了，还有什么香残留。残留的是眼泪，酸水，精液，我怀疑这是什么嫉妒我和紫风的狗屁诗人躲在阴暗角落里向我放的一支毒箭。我受不了，真的受不了，您别看我的诗歌那么前卫，那么先锋，那么现代后现代，其实在情感上我是一个纯粹，理性，传统，甚至是保守的人。我现在感到一种压迫一种分裂我几乎到了崩溃的边缘，我和阿紫的情和爱在解体，形和影在割裂，阴和阳在倒置，盈和虚在失衡。舅舅呀舅舅，我的心在滴血，我不崩溃谁崩溃？舅舅，刚才我们都说到了海子、顾城，他们都像我一样年轻苗壮，那些古的老的远的就不谈了，他们一个卧轨了，一个杀人上吊了。我非常害怕的是，现在的我和当时的他们一样面临着盈与亏失衡的混乱景状，我真的不知道等待我的是一种什么样的命运和结局，我的内心深处有一种想攫取灵魂，又有一种自己的魂灵被攫取的恐惧。是的，我正年轻，我追求爱情，甚至充满欲望，无比地疯狂，因为这是热爱生命！啊，舅舅，用你爱情的蜜汁，涂抹在我滴血的伤口上，救救外甥！

我的心电图一定是激烈地颤动,我的脑电波也一定是跳出那像起伏的乐谱一样的曲线,没有悲哀,没有恐惧,没有愤怒,有的是激动,我感到我鼻子的酸楚,我的精神高地上被我的外甥梦龙的泪水打得透湿。真的让人感动,都二十一世纪了,还有这样像冰山上雪莲花一样没有遭到污染的青年,还有这样优美如画坚贞不渝的爱情。我的梦境像泪水冲洗过的天空一样湛蓝。一颗红色的心脏像花儿一样开放。活蹦乱跳的脑细胞在空气中释放出那种叫爱情的芬芳。只是我失声了,这美好的一切我在梦中竟表达不出来。我在焦虑中感受到了清冷寂寞和灌进脖子的冷风,我看到我的外甥的声音像阳光下蜜蜂颤动的亮翅,嗡嗡地在梦中罂粟花燃烧的花丛中穿行。

梦龙说,舅舅,我特别看中的是跟你的交流,我没有把你仅仅看成血缘上的长者,也没有把你看成一个曾经官至县太爷的少校团副,更没有将你看成一个被生活逼到最底层只知道养鸡并从鸡屁股里抠出蛋的农民,我的眼中舅舅你是一个诗人,而且是一个大写的诗人。你和舅母具有雪域高原博大厚重品质的爱情,你的打着响鼻、嘶嘶鸣叫具有传奇色彩的枣红马,甚至你的对手那匹狼们的头、统帅、首领或者酋长的狡诈的老狼,以及后来你用麦秸串联成糖葫芦状的鸡蛋,这些都是诗,而你是这些诗歌杰作的眼睛和灵魂。正因为你是诗人,是诗眼,诗魂,所以我觉得我没有什么不可以跟你交流沟通和讨论的。我前面说过,我们之间没有障碍,我特别看中的正是跟你朋友般的没有代沟的交流。

我在梦中嗯了一声,这使我的外甥梦龙感到格外的满意,甚至有一种被击中的惊喜。

梦龙说,提到阿紫我现在要说的话千头万绪,让我还是从张爱玲的语录谈起吧。张爱玲教导我们说,到男人心里去的路通过胃,到女人心里的路通过阴道。这位三十年代红透上海、红透全中国的女作家的话,曾经是我和阿紫爱情的共同信条。阿紫是张爱玲的崇拜者,是我们爱情生活中张氏思想忠实的执行者和不遗余力的推动者。这一点谁都不难想象,我和阿紫最初结缘的自然是诗歌，我们在种类繁多的诗刊上早就熟悉了彼此的名字。当在一次诗友聚会上我们第一次见面的时候，彼此竟有一种相见恨晚的依恋，真的是一见钟情。阿紫本来是个追求崇高理念和完美趣味的女人，把心都放在写诗上，对烧菜下厨什么的不屑一顾，一直认为饭店、宾馆是胃的最好乐园。但是我们相恋后她就试着按张爱玲的心路历程改变自己，她不敢再小觑胃了，这胃竟是征服男人的心灵通道。后来我们凡在饭店吃饭，哪怕是五星级的，她也会觉得那些特几级特几级大厨烧的菜有一股油腻的烟火味，是俗人烧的俗物，觉得特对不起我的胃。因为在她的心目中，我的胃已经不是消化系统了，而是爱的驿站，到男人心里的里程碑。她真的开始研究菜谱，她甚至买了一个小天平用以专门配制各种调味品的比例，把烹饪当作生活中的诗歌，佳肴当作诗歌中的爱情。这点点滴滴，都使我感动，这期间我俩都写了大量的爱情诗，我们牵手完成的《形与影》便是我们爱情生活的最好见证。她是一边烧菜，一边禁不住吟诵着我们的诗歌：哦／你是勃起的形和力／我是追随的影和光／你是天上的月亮／我是五亭桥洞浮动的十五个月亮。毛泽东说得对，世界上怕就怕认真二字。但是阿紫对我的胃就最讲认真。阿紫的厨艺日日见长，以至后来绝对超过了陆文夫《美食家》中那个菜烧得最好的女人，可以说达到了一种前无古人、潇洒自如、随意发挥、点石成金的佳境。

狮子的头……这是我的梦呓。我外甥梦龙一个劲地跟我谈吃吃吃，一定深深刺激了我那管胃的脑垂体。我前面说过，狮子头是扬州的一道名菜，这种命名本身就是诗歌。我后来跟坐在对面的我的外甥说，你的舅母跟紫风有异曲同工之妙，她是个农奴主的女儿，生长在雪域高原的女儿，也是诗歌的女儿。按她的习性最喜欢吃牛羊肉，可她后来烧了一手好得不得了的淮扬菜，尤其是淮扬菜中的明珠狮子头在她手中烧绝了。还有就是你已经晓得的她用麦秸编织的裹着鸡蛋的工艺，那是真正的乡间诗歌吧，凝固的诗歌！

梦龙说，阿紫诗歌中的菜和菜中的诗歌的确深深打动了我，像直通车直抵我的心灵，使我有一种起伏的、蓬勃的感觉。我觉得我和阿紫的心灵不但是早就有了交流，而且是有了撞击，那是诗歌与诗歌的撞击、阴电与阳电的撞击，撞击出一朵美丽的火花。其实我们的心里都清清楚楚明明白白，我们彼此的交流还那么理性，总觉得缺点什么，说空白点也好，盲区也好，竟成了一道难以逾越的墙。在无数次的遗憾，吃了无数次的后悔药后，我终于听到我身体里有一种另类的、兽性的声音在呐喊。我感到吃惊的是，这种东西怎么也跑到她的灵魂里去了！我忽然想到了张爱玲的"阴道说"，这个以小说红遍三十年代中国的佳丽是个女妖鬼魅吗？她下这么个结论是像现在的美女作家难以拒绝身体写作的诱惑，还是以她凌空舞蹈的天才臆想征服了世界？我心中疑窦丛生，难道通往女孩子的心灵，通往我的阿紫的心灵彼岸，只有"阴道"这唯一的通道吗？也许她根本上就是对的，只是她说得太赤裸了，直奔哲学而捅破了我们习惯的美感和诗意，而且她不懂中国人中庸的哲学，中国人说，做的说不得，她却偏偏要说。其实国人也在说，男人坏，女人爱。笼统，含糊，多解，写着民族的智慧。我根深蒂固也许是顽固不化地认为，小说家的力必多特别地旺盛，而女性小说家在这种旺盛中又加进了一点天生就有的媚俗的蜂蜜，她们既不屑当出墙的红杏，也不甘扮沾露的梨花，更没有耐心挺拔于泥淖中做一枝亭亭的荷，她们便在梦中将力必多的花粉洒向笔下的文字。他们总是将目光窥视着人间，而不像诗人那么自由自在地飞翔在万里晴空，哪怕是在愁云密布的阴霾中也像旗帜般的飘扬。说真的，一开始我就觉得小说家的话十分的可疑，心里总是盘旋着难道非如此不可的疑窦。在我的心里、骨头缝里、头发根里对张爱玲就有一种抵制和反抗，甚至是追究拷问。但是灵魂深处那种赤裸裸的对话它说爆发就爆发的，也许它正是我们心灵的渴望，是一种被压抑得很深的又裹着坚硬外壳的渴望，因此它的到来就格外猛烈，简直就是一场心灵的地震。

　　我想我一定在梦中唱歌了，我的外甥，那是你舅母经常唱的。花儿为什么这样红，为什么这样红……

梦龙醉眼朦胧地说，那天，我俩都毫无准备，又像准备了一千年。那天我和阿紫一起读着李商隐的诗，李先生是古代的，又是现代的，读着读着我们就变成了一对快乐的虫子。李商隐的诗就像他那带"隐"的名字是座诱惑人的迷宫，一旦迷了进去，隐隐的出口似乎不少，但不管从哪个出口出来，都让人有些不踏实的感觉，怀疑是义山先生布的圈套，又无知觉地折了回来。那天我们随意翻，一翻就翻到了《碧城》的第二首。"紫凤放娇衔楚佩，赤鳞狂舞拨湘弦"，一下子就跃入了我俩的眼帘，以前读这两句我总觉得意象突兀，有点像全诗的肿块，但是那天我跟我的阿紫一块看李商隐，不知不觉就生出了一种"露滴牡丹开"的感觉，那是贾哥哥跟林妹妹一块偷看《西厢记》的感觉。我们对着"紫凤""赤鳞"的诗句就突然体会到一种全新的境界，我和阿紫倏地有一种默契，一种交融，一种和谐，一种琴瑟的颤栗，一种火山爆发前岩浆奔突的灵感。我凝视着阿紫水波滢滢的眸子脱口而出，哦，你是紫凤热烈奔放，衔住玉佩不松；我像赤龙奔腾放纵，疯狂地拨动你的琴弦。我不知道这时候我说出这样的话，是一下子触动了这诗的玄机，还是我与阿紫身心交融时幻象的写照。阿紫眼里早放出一种紫凤式的疯狂，她扑进我的怀里说，你是我的玉佩，我的赤鳞。我搂着我的阿紫，眼睛里燃烧着赤龙似的火焰。我说，你是我的紫凤，我的琴弦。我们的衣衫像秋天的叶子向四处缤纷地飞去，那是原来就不属于我们的东西，我们第一次赤裸裸地站在爱的风光无限的原野上，像我们刚来到这个世界的模样。我们彼此间感到一种巨大的吸引力，令人怦然心动。赤龙跳跃腾挪起来，不知是我的身体还是我的幻觉在浪漫的紫雾中呼风唤雨，兴风作浪；紫色的风从阿紫眼里波光点点的深处，从她身体像花蕊儿一样的隐秘处渐渐升起，在天地间舞动。空气越来越稠了像酒和蜜调和的芬芳越来越酽了，酽得让人喘不过气来。紫色的风裹挟着玉佩呼啸而过，胜过排山倒海的金戈铁马；赤龙拨动琴弦余音袅袅，似跌落玉盘的大珠小珠。我们都醉了，醉得很深很沉。我感到这是一种恣肆，一种放纵，一种超越，是在爱的阳光雨露和紫色的风下一次身心的沐浴。阿紫说，没有赤龙怎么会有紫风呢，风是因为龙而生的，爱是因为你而生的。我们彼此感动得都流泪了，我们就相互依偎着写下了那融而为一的《形与影》。我是一尊为你而生的和弦 / 只有你的玉佩将我弹响 / 哦——/ 你是赤龙 / 我就是紫风 / 你是勃起的形和力 / 我就是追随的影和光。舅舅你一定注意到了，在这一复式的歌唱中我只是和声，只是伴奏，实际上从头到尾响彻着的是她那动人的花腔女高音。

我终于醒了，打着哈欠伸着懒腰。我走到窗前打开窗户，让烟花三月带着花香的空气流进来。新鲜的气流刺激着慵懒的我，让我忍不住又打了个哈欠伸了个懒腰。太阳已经升起一竹竿高了，我的哥们黄粱梦龙还在做着美梦。梦看来不一定美，脸罩在阴影里有一种无奈和晦涩，手或者身子时而还不安分地动弹一下。我坐在沙发里发痴，想不起来洗漱或者找点吃的，只记得昨晚喝了很多的酒，夜里觉也睡得极不踏实，至于嘟哝了些什么或者梦中的情景梦中的角色就像梦龙笔下的诗歌朦朦胧胧的，真的不记得了。

第七章 约会

　　为舅舅写的电视剧剧本进展得还算顺利,只十天功夫就完成了三分之一,按这个速度一个月先拿出初稿应该没问题。自从烟花三月那个黄昏梦龙送了那麦秸裹成糖葫芦状的鸡蛋来,晚上我们喝了酒,又说了一夜的酒话、废话和梦话后,我的思路似乎一下子打开了,有时写着写着还情绪高涨、灵感勃发,写下一些连自己都很感动的句子。我知道自己已经深深地爱上了我们的舅舅,这功劳自然是梦龙这小子的,你不爱他你怎么下笔,你不能感动自己又怎么能感动别人。这个剧的名字,我想来想去至少想了三个,如果叫《给我们的舅舅搞部电视剧》,太老实了;或者《一个陌生舅舅制造的有关电视情结的来信》,有点搞笑;《关于一部以来访的舅舅作资料背景的电视连续剧之设想》,好,这就有了一种现代感,当下感,在场感,有了一种悬念,能抓住观众并调动起他们的热情和想象力。

　　当然舅舅作为解放军一位年轻英俊的少校副团长,却偏偏爱上了一个雪莲花般的农奴主的女儿,这故事本身就挺有传奇色彩的,加上打着响鼻、嘶嘶鸣叫通人性的枣红马,倒在舅舅勃郎宁手枪下那匹狼们的头、统帅、首领或者酋长的老狼,舅舅必然遭贬的性格命运和时代悲剧,舅母会编麦秸会烧狮子头,高原的女儿那会飞的目光,舅舅突然的来访……再加之在这部电视剧的结构和语汇上我借鉴了电影的手法，让梦龙、紫风和我像活猴子似的在这个剧中窜来窜去，这又增强了这部电视剧的真实感、现场感以及时空感。总而言之，舅舅这个本子目前我写得挺顺手的，我甚至不在乎梦龙说没说过要带我跟紫风一起去看舅舅。我对我当时有没有什么具体承诺，也淡忘了，甚至一点不记得了。我觉得只要给我时间，我就能把舅舅这个本子写出来，并且写得很好。

也许你会说我对舅舅没有采访，至少是没有直接的接触、体验、感受，你写本子不是胡编乱造空穴来风吗？我不同意你这种说法，我得耐心跟你解释。实际情况是我的哥们黄粱梦龙已经给我讲了大量舅舅的故事，而且我还坚持每天都吃一只舅舅散养的鸡生的草鸡蛋。你说对了，实际上我是将鸡蛋和故事一起吃下去的，我忽然对舅舅就有了种心里像开了天窗心明眼亮豁然开朗的感觉。你不要以为这是唯心的先验的。你的这个判断才是唯心先验的呢。我告诉你这真是唯物的，实实在在的。我总觉得这些日子，我的大脑皮层不断受着某些神秘信息对我潜意识的刺激，似乎在梦中在下意识中这玩艺儿来得更玄乎更强烈更疯狂，它也许是一种能传递的生物编码，或者说人与人之间有时有某种心灵感应，只是我们目前的科学还没有能够很好地描述它、揭示它，就像电波、微波、电磁波什么的，我们以前也不认识它们一样。我只想再次郑重地告诉你，这是绝对真实的。有一句富有哲理的话一说你就明白了，感受到的一定是存在的，存在的你不一定感受到。因此说，我是在与我们的舅舅的心灵感应或者说心灵对接中开始写作，这种写作是非常愉悦的，我不但从总体上一下子把握住了舅舅典型化的性格特征，而且那些精彩的非常个性化的细节，也刷刷地从我的笔端流淌下来。还有，既然梦龙告诉我这是舅舅的夙愿，而且这是在天地间轰轰烈烈或者说惊心动魄发生过的，我只不过是一个做好记录的书记员罢了。因此，我的内心深处一直翻腾着一个越来越强烈的欲望，那么多皇帝的电视剧可以戏说，但是我为我们的舅舅写的电视剧，我追求的是一种酷似生活的真实。

就在我激情澎湃地写舅舅的电视剧时，我接到了一个电话，是紫风打来的。紫风说，我从北京回来了，你能不能到冶春茶社来聊聊。嗨！我惊喜得叫起来，我不知道我的声音是不是有一种金属的效果，我说，好，我就来。实际上在我的想象中早就有这么场约会，和一个长得像林黛玉的女孩坐在冶春的水边，我看着我们叠在一起的倒影跟她谈舅舅的电视剧，那是人生怎样的得意。还有，我特别喜欢冶春的水边，扬州的护城河流经它面前时变得开阔起来，并于那条叫小秦淮的河呈钉子形的交汇，而且这两条河本身就充满多重的意味，护城河阳刚，小秦淮阴柔，它的沾着粉脂气的名字，让人难以拒绝地想到钟山脚下的秦淮八艳，其实这是一种误读，每次我从小秦淮经过，都看到两岸的石头上遗留着扬州八怪画家们长满薛苔的脚印。看着这些仍旧生长着的脚印，我往往想起在他们纪念馆一侧的唐代古槐那惊人的生命力，当年赴京赶考的卢生就是在它的凉荫下去了蚂蚁国，做了那著名的黄粱美梦。我不希望自己是卢生，我同样不希望今天为舅舅的赴约是一枕黄粱，我一路祈祷。

想象变成了现实，这的确有一种梦幻的感觉和勾魂的魅力。放下电话上了出租车，我还以为我自个在路上飘，我看到两旁的仿古建筑，都像电影上的活动布景向我冲过来，又匆匆忙忙朝后飞去，只有那历经沧桑的千岁古银杏树站在马路中央我自岿然不动。我的目力从来没有像今天这样好的得了远视症，我的身体拐了几个弯，我就清晰地看到紫风像一只优雅的花瓶坐在水榭冶春那临水的窗口，她印在烟花三月碧水里扭动的倒影比西方印象派大师的绘画更加生动，特别是那垂柳一样的柔软腰肢更是让我心旌飘摇。为什么我突然将紫风想象成花瓶，也许刚才我在看她的瞬间第一次强烈地感受到，她白里透红的脸蛋儿竟释放出一种发亮的瓷器般的光泽，就像在御码头的河水里刚刚洗涤了一样。但是为了我的朋友梦龙，我只得打消自己的种种贼心。我镇静了一下，朝紫风朝这只正埋头看什么的花瓶走过去，一股什么花或者什么植物的香味，正从她完全可以到电视台做洗发水广告的油光水滑的披肩发中散发出来。

发现我过来了,她颔首微微朝我一笑,我甚至看到了她睫毛的颤动,喝点什么?原来她正在选饮料,我说随便。她说来两杯茉莉花茶,一些水果。我说好的,我有些迫不及待地问,批文拿到了?紫风妩媚地笑着,眼波里的后怕像惊鸿一闪而过,她好像刚从回忆中醒来,好不容易,亏得一位诗歌上的朋友帮忙,又是请吃饭又是说好话,软磨硬泡,我都坚持不住就差放弃了。我舒了口气,晚上得好好庆贺一下。我忽然想起什么,咦,梦龙呢?

后来我不止一次地想到,我突然跟紫风走到一块,其实是与梦龙有关。梦龙说要拍舅舅的电视剧,我成了一个被赶上架子的鸭子,在我的想象中紫风是最有资格拍这个本子的,作为一个荣幸地进入哥们梦龙法眼的编剧,我不得不跟我将要寻找的制片人紫风泡在一起,否则剧本杀青之日也就是它的尘封之日,或者说得严重些就是它的死亡之日,这对于一个视艺术为生命的人来说,真的是太残酷了!

当然对紫风妩媚的微笑,我也有一份别样的警惕,它像一面镜子让我照到了我当时眼神的游移和心情的不堪,甚至让我照到了自己生着绿苔的心灵,也使我的认识和思辨抵达这样的彼岸,她样子像林黛玉,但她绝不是黛玉。不过按照当时我彷徨中的情绪,我是很有些迁怒于梦龙的,这小子狡猾狡猾的!如果说紫风现在由于我的花言巧语企图待在一个电视制作的高平台上,或者干脆说在一个什么屋顶上,梦龙借助舅舅这个梯子怂恿我也爬上去,却又在神不知鬼不觉中将梯子抽了。而站在屋顶上的我和紫风一直在企盼中眺望,眺望梦龙的到来。换句话说,舅舅——而实际潜在的替身梦龙,一天也没有在我们的记忆中缺席。即使后来我执拗地寻找着舅舅,而梦龙又迟迟不肯在我们的生活中出现时,我也会强烈地感觉到他的存在,他像幽灵似的不断地在我的梦中浮现。甚至后来我跟紫风亲热的时候,我觉得我差不多在梦境中反成了梦龙现实的替身。为了电视剧本,我疯狂地寻找着舅舅,对我的哥们梦龙的思恋也像野草一样地疯长。自从梦龙在醉酒后把我当成他遐想中的舅舅,讲出他和紫风那种经典的浪漫之夜，而我与紫风又在激情中重温了这种源于诗歌的床上罗曼蒂克后，一把双刃剑便悬在我的头顶。剑的一面是越来越沉重的对我的哥们梦龙的负罪感；剑的另一面是越陷越深的我对紫风或者说紫风对我的迷恋。灵魂与肉体、负罪与迷恋、形体与影子交织在一起，让我无法自拔地沉醉，我怎么打开自己的第三只眼睛！

我无法打开自己的第三只眼睛，当时我问，梦龙呢？紫风还没有回答，我看到梦龙推门已经进来了。我不知道在他们之间我是不是一只灯泡？我抬手向他挥了一下。梦龙刚坐下的时候，服务小姐就把两杯茶和果盘端上来了。我和紫风都有些尴尬，这使我心里骨子里得意，我掩饰着忙对服务生说，还有小姐一杯橙汁呢，快！梦龙脸绷得紧紧地，我是不请自来，不打搅吧。我见紫风把脸也拉下了，说怎么一来就阴阳怪气的，谁欠你的什么啦。见这般针尖麦芒刀光剑影的我有些懵又有些愤怒，不管怎么说我得站在弱势群体一边先将他的这邪气压一压，便不客气地说，怎么啦，小孩子似的，一日不见如隔三秋，都高兴得上火啦！这时候服务生将橙汁送上来了，我说，紫风拿到公司的批文，这可是天大的喜事。梦龙，我们可要好好庆贺庆贺，来，以茶代酒先敬一下，晚上我们一醉方休，就定在菜根香吧。后来我才发现，我开始对菜根香的迷恋，差不多有一种菜根香情结，是跟那一个梦幻的晚上有关。那个晚上我和我的哥们梦龙就着下酒的"三头"，喝得酩酊大醉。在酒精的浸泡中，我不清楚我们的叙述有着多么严重的身份错乱，我怀疑后来我和梦龙、紫风整个生活的颠覆错位，在那一刻就埋下了伏笔。我记得当时我在说去菜根香后，尽管梦龙的样子有些勉强，我还是看到有一只略微迟疑的手，与我共同向紫风举起了杯子。紫风连声说谢谢谢谢，脸色也缓和多了。

紫风说，我这个紫风文化传媒公司就正式启动了，我们也没有必要搞什么花架子仪式，第一仗特别要打漂亮。骑骑，你上次在电话里不是说手上正写着个本子吗？我们现在就来策划这件事，等本子一出来就上马，作为本公司隆重推出的处女作。紫风正说得喜形于色，我一看梦龙，坏了，这小子面孔又拉得比马脸还长了，一定是心怀鬼胎又想到什么阴暗的角落里去了。当时我真的不服气，我骑鹤是为了你梦龙，为了舅舅才与紫风走到一块来的，没有你梦龙，没有你说的舅舅的电视剧，我凭空怎么会想起紫风来。我在心里冷笑，你梦龙把我看成什么人了，你喝剩的"二锅头"，哥们还不尿这壶呢！我知道我心里的魔鬼，我是绝不把它放出魔瓶的。我把我的心态调整到最佳状态，我甚至被自己的好心态感动，况且不管从什么角度讲，我都觉得必须向紫风说清事实真相。我说紫风，这部片子，梦龙是总策划。梦龙捋了下耷拉下来的长发，挤出一丝苦笑说，你们一个大编剧，一个大制片，猛男靓女，来也没我，去也没我，我傻帽一个当灯泡呢！紫风这会儿冷静了，冷不溜秋说，你今儿来是还乡团想反攻倒算怎么的！他倒反成了灯泡？我也气不打一处来，各打他们五十板，我说你们今天怎么啦，尽往别扭里整，小把戏是不是，少说一句烂肚肠子啦，我受你们的夹棍气都成人民调解委员会的啦！梦龙腿上像装了根弹簧嗖地就站起来，说失陪了，我还有事。我惊讶得嘴都张大了，我说梦龙你小子跟我们玩什么呢，不是正谈舅舅的电视剧吗？这是我们的舅舅，怎么说首先是你的舅舅！梦龙将椅子朝后挪了挪，竟冷冷地说，鸟，我没这个舅舅！

　　血一下子涌上来，我的脸一定变成了猪肝的紫色，我有一种遭戏弄被鸡奸的恍惚，梦龙冷硬的目光像一道道无形的鞭子抽在我身上脸上，我的心在滴血，我的手指着梦龙的脸说不出话来，我说你你你……梦龙不但不望我，竟然望也不望紫风就扭头而去了。不说我们哥们抵足夜眠手足之情，也不说你们花前月下缠缠绵绵，就说那么多年由诗歌的营养滋润培育的灵与肉、形与影，一个原来我们如此熟悉而现在又如此陌生的人，就真的如风逝去了吗？我愣在那儿，不相信自己的眼睛，觉得眼前的事情是那么的荒唐和不真实。心停止了跳动，脑子里也空空的失去了思维。

　　紫风倒是越发的冷静，她说，骑骑你不要老是一种失魂的样子，这样我心里反而过不去，天要下雨娘要嫁，由他去吧。我还是没有回过神来，我惋惜地叹气，这么多年诗坛的佳话……紫风眼里有两滴泪，玻璃虫子一样爬出来，像是早就躲在那里伺机而动，滴进我心里柔软的梦乡。紫风甩手一抹泪水说不说也罢，说了伤感，这次回来我已经不止一次约他了，他老推说有事有事，我的心早已冷了寒了，奇怪的是没喊他，他却又像条蚯蚓不知从哪里钻出来了，走了也好，走了反倒清静。我心里慢慢弥漫起一种欲望，我说到底怎么回事？紫风满脸的伤感，这不是三言两语说得清的，处了这么多年，我再不了解黄粱不是白活了？刚才在情急之中，还算他吐了一句真话，就是临走前扔下的"我没有这个舅舅！"这可是我的直觉，你就当小说读好了。

我的心一下子就收紧了，我怎么能当小说读呢？这么多天的思考酝酿，这么多天的苦苦煎熬，这么多天的闭门笔耕……难道这一切都在瞬间轰毁了！这看不见摸不着的疑惑像雨点一般密集的鞭子，一鞭一鞭地抽在我心上，留下的是道道鞭痕斑斑血迹。紫风看我脸色煞白，劝慰道，我叫你别当真，更别急，急火攻心，伤着身子可不划算。我脑子就是转不过弯来，我说，我非要为舅舅写部电视剧的，而且按原先的动议和总体策划，铁板上钉钉，头撞南墙不回头。紫风是一副恨铁不成钢的不屑口吻，还舅舅、舅舅的哩，你真的是王八吃秤砣铁心啦！我梗着脖子，我说我不管梦龙走了对我们有多大的伤害，现在我想对你说梦龙故弄玄虚的"我没这个舅舅"绝对是小说语言，他的话是假的，绝对是假的！紫风的语气显得很温和很体贴很耐心，紫风说不是我们说不说这是不是真的假的，问题的关键是黄粱已经说了这是真的不是假的，当然我们还要拭目以待看这究竟是真的假的。

我哑口无言，我觉得紫风的话虽然绕口，但是充满了思辨的力量和某种哲理，我觉得我像一只饱满的气球正在慢慢漏气，我企图抓住的与紫风讨论的舅舅的真实性问题，只不过是根浮不起来的不可能承受什么的稻草，我的生命不能承受之轻，我的理想、热情、追求、勇气会在这种无谓的争论中消耗流失殆尽，我知道我需要行动。紫风静默地看着我，一直看到我的心里去了，我只好咕噜咕噜地喝茶，我不知这茉莉花茶好在什么地方，有一种轻浮的香气和女性的阴柔，一定远不如梦龙跟我讲过的舅舅烧的农村大麦果子茶。

　　想到了舅舅，我就有了一种力量，我把手中的茶杯很响地朝桌上一蹾。我注意到紫风冷不防被吓了一跳，我真的不是有意要这样子，更不是跟紫风发脾气，我是因为发现而颤栗，是身体本身由内向外不由自主的一种释放。紫风再次吃惊而迷惑地看着我。我眼睛里一定放出一种执拗的光，我说我能够证明舅舅是真的而且就跟我们生活在同一个世界，我那里有舅舅送的鸡蛋。紫风说，谁送的？我强调说，当然是舅舅送的。紫风说，这么说，你见过舅舅啦？我说，是梦龙带来的。紫风说，他带来他不会去买？我说，这不可能，他这人懒，他也没有必要欺骗哥们。再说，第二次舅舅来时，送的是舅母亲自编织的麦秸糖葫芦鸡蛋。麦秸糖葫芦鸡蛋他总买不到吧。"麦秸糖葫芦鸡蛋"这个我新发明创造的词语组合，把现代诗人紫风给蒙住了，也许她是被我脸上神神秘秘玄玄乎乎的表情给震慑住了，看来对付现代派诗人就得使用新式武器。紫风很用心地想了一下还是很茫然地摇摇说，这是什么鸡蛋，我真的没见过。我说，这就是只有舅舅舅母才能弄得出来的鸡蛋，这个总不是买的吧，买也买不到的。

第八章 涅槃

　　紫风是那种猴子身上摆不住虱子的急性子，紫风也是那种拾到红枣当火吹的天真烂漫偏听偏信的诗人。我不知道这样形容一个女孩是骂她还是夸她，也不知道这是说紫风实际上是说我自己呢，也许这就是性格和命运。其实在这烟花三月什么都滋生的日子，包括我们自己的心灵和心情在内，有许多我们并不知道的东西在日新月异地生成或者死亡。不知道就不知道呗，反正紫风已经来到了我在四季园的住处，她是第一次来，有一种陌生的新鲜，而我，则是为了用麦秸糖葫芦鸡蛋证明舅舅的存在。

　　看到用麦秸裹着的一长串一长串的鸡蛋，紫风叫了起来，女诗人紫风长这么大是第一次看到这样裹着的鸡蛋，紫风毫不掩饰她的喜欢，她由衷地笑着说，真是民间工艺品呀，像诗一样的工艺品！我很高兴，这样我们就有了在舅舅问题上进一步对话的基础，我说，我说得不假吧，舅舅送的。紫风一定是沉浸在一种艺术的氛围中没有太听清我的话，紫风说，你说什么？我说，我说得不假吧，舅舅送的。紫风淡淡地笑了，慢慢地摇着头一付不堪回首的样子，我如果对有些事简单下结论，你肯定不相信，我还是想通过一步一步的剖析，让你明白黄粱今天为什么如此丢分。我说，他吃醋了，而他认为最亲近的人又背叛了他。紫风说，是，也许都是，但这何况不是他自找的,我甚至怀疑这几天他在跟踪我,其实这些都是浮在海面上冰山的一角,那些不可调和的矛盾甚至冲突却像整座的冰山压在我心头。我的心头仿佛也被他们之间不可调和的矛盾完全填充,塞满了悬挂的问号,我疑疑惑惑地揣度,冰冻三日,非一日之寒,何况是冰山?

紫风不再看我,她盯着那些麦秸裹着的鸡蛋,眼波里有回忆的鱼在游动。她的声音慢悠悠地,仿佛和鸡蛋在说话。其实,在《月光下的形与影》里我和他就发出了各自不同的声音,你一定记得诗集中的"形说"和"影说",那正是我们各自对自我立场的捍卫,只是这种申述被诗的某种特征遮蔽了。波及到现实生活,我和他的裂痕很可能是在谈论鲁迅作品时出现的。一次谈论鲁迅时,我说鲁迅真是能透视到人的五脏六腑的人,鲁迅笔下涓生、子君的爱情是多么凄美。《伤逝》,真的是伤逝!他警惕地看着我,他说你这是什么意思?我说我思量着我们是不是新时代的涓生、子君,我们的爱有所附丽吗?他说,你神经过敏。我说,你说对了,我的心灵像玻璃杯一样脆弱,像温度计一样敏感,像冰水中的肌肤感触、承受着痛楚。他的脸上出现冷嘲热讽的表情,他说你的意思是我不能够为你撑起一片遮风挡雨的天地,干脆这样说吧,我没有 Money。我说,我自量不是一个充满铜臭味的人,但诗养不活诗人,我俩养不活自己,这横亘在我们面前严峻的现实,难道连正视都不敢吗?诗人在金钱时代实际上是斗士,每天都戴着拳击手套与现实较量,但倒下去的总是诗人。他差不多愤怒了,说难道堆金积银、大腹便便就是成功吗?实利的成功,诱惑的陷阱,它毁灭了多少俊才豪杰!诗人的责任是拯救,拯救物欲的世界和堕落的灵魂!我尽量克制着自己,使口吻尽可能地舒缓,我说你先拯救你自己吧。他壮怀激烈,说只有解放全人类,才能最后解放自己。我说,李白是我们的偶像吧,当年在金銮殿上醉酒识蛮书,杨国忠磨墨,高力士脱靴,何等风光,最后还不是在扬州城里干起了铜镜买卖的营生。人在屋檐下,不得不低头;留得青山在,不怕没柴烧。我很欣赏赫拉克利特的一句名言,向下的路也是向上的路。他说策略对有些人是有的,但我一直不信李白会在扬州低下他那颗高贵的头颅。这远的说不清楚,这近的,鲁迅低头了么,朱自清低头了么，闻一多低头了么，就连郭沫若还写了篇《请看今日之蒋介石》的檄文。我据理力争，我说我们不是不敬仰崇高，我们得先学会脚踏实地，就说说你说的这些先哲，李白淹死了，鲁迅病死了，朱自清饿死了，闻一多惨遭枪杀，运气最好的郭沫若抛妻别雏逃亡东瀛。黄粱脸色白得似一张纸，像我咒他祖宗八辈子一样。我说我还可以跟你谈谈也不肯低头的曹雪芹，跟扬州有千丝万缕联系的曹雪芹，那个聪慧的少年曾随他的祖父住在扬州天宁寺刻印全唐诗，那种高山仰止耳濡目染的熏陶，既成全了他日后天才的一跃，也为他贫穷、困厄、早逝的生命种下了悲剧的种子。曹家曾是怎样显赫的官宦世家，乾隆皇帝下江南时有三次就把曹府当成了御驾的行宫，但是少年的祖父不好好做他江宁织造兼两淮盐政的官，都是让人垂涎肥得流油的肥缺，却偏偏让白花花的银子像水一样地淌着，圆他出版家的梦。梦呀，红楼一梦树倒猢狲散，落得个白茫茫大地真干净！长大后的少年在一贫如洗中发出他那问天式的感叹后，就绝望地抛下他那只写了半部的《红楼梦》，赤条条来，赤条条去，生命的孤灯便在摇摇欲坠中在皇城根下冷寂地熄灭。我说那是曹雪芹，他毕竟有砖头一样厚的书在头下枕着，又有一辈子回味不尽的背景衬着，只怕我们饿死了，连做梦的本钱也没有。

我们谈不拢了，我们不欢而散。后来我们的谈话就变得小心翼翼，我们生怕碰碎了什么，我们又企图绕过什么，他与我的话题到底回归到谈婚论嫁上。他第一次跟我说，我说我不想结婚；第二次他跟我说，我说我真的不想结婚；第三次他又跟我说，我说你不要烦我我肯定不结婚。他跟我软磨硬泡说，女人哪有不结婚的，不结婚的女人是不完整的，不结婚的人生也是有缺陷的。我不为所动，我说缺陷也自有缺陷美，我是一个彻头彻尾的女权主义者。我说我知道你算得上是一个理想主义者，我让你拯救自我，并不是让你来拯救我，我无论在人格上，还是在经济上都是完全独立的。我的意思是，一个理想主义者他无论如何也不能逃避现实，不能躲进自我营造的象牙塔里自顾手淫，自我陶醉。正如阿基米德说的，给我一个支点吧，我能翘起整个地球。现在的问题是，支点究竟是什么？如果说诗歌是杠杆的话，支点只能是现实这块石头。支点不可能还是诗歌。他颓然地看着我，说我想跟你谈谈李白，他说李白是放荡不羁的天才诗人，他愤然离开唐明皇的长安后，他怎么会安居扬州做起铜镜制作的大老板，有人还说李白亲手设计铜镜的样式和雕花图案，还说至今保存下的有几十种，还说……我终于打断他的话，我说我现在不想跟你谈李白。他说，你让我把话说完，李白本来就是两岸猿声啼不住，轻舟已过万重山，从此游山玩水，乐不思蜀。我冷冷地说，即使李白没有做，你也可以做嘛，你要敢于超越古人么，以你诗歌的眼光和力量打进市场，甚至"枪手"也可以去体验体验嘛。他说，这不是堕落是什么？我说，我是决计堕落的，我又不是林黛玉，我准备"下海"。他憋红了脸说，你是说，我只有"下海"了，成了贾宝玉才能配你？我说这一点你得清醒，你别抱幻想，波伏娃的《第二性》、雪儿·海蒂的《海蒂性学报告》等西方女权运动的"圣经"是我的最爱，她们将婚姻命名为"性奴役""合法的强奸"和"无偿的劳动"，这使我对婚姻有了一种发自内心的恐惧和拒绝。我们中国人翻了船才说婚姻是爱情的坟墓，我现在好好的为什么偏偏要朝坟墓里跑？！他当时看着我半个脸都歪过来了。

我对着紫风耸了耸肩说，没有这么严重吧，有人说十九世纪人们追求的是无性的爱，二十世纪人们追求的是无爱的性，这些说法我总觉得片面，我觉得性与爱就像鸟和天空、鱼和大海、花和绿叶，还有就是你曾经用诗歌命名的形和影，是和谐的统一。

紫风望了我一眼说，也许你是对的，我也并不想否认人的种种主观感受，但是我对现实婚姻的状况也是忧心忡忡，民谣说一等男人家外有家，二等男人家外有花，三等男人花中寻家……，还有什么外面彩旗飘飘，家中红旗不倒。这使我从理性到感性彻底丧失了最后一点对婚姻的热情，连梦都不敢做，幻想更是没有，真的是失去了婚姻的最后驿站。

我说，无梦是可怕的，幻想也不能丧失。我们就说西方，英国那位名叫玛格丽特·罗伯茨的年轻女议员终于跨入了婚姻的殿堂，她的丈夫名叫丹尼·撒切尔。这位日后成为大不列颠王国首相的撒切尔夫人,以铁腕叱咤国际政坛的铁女人,却始终沉浸在稳定的婚姻中。

紫风说,也许她是一位政治家,有着超人冷静的头脑。那位现代舞的创始人伊莎多拉·邓肯就惨了,她拥有二十世纪最完美的双腿,却同时拥有倍受苦难的人生。爱情与艺术在她身上总是无法调和,总是在不停地斗争,直至她同俄罗斯著名诗人叶赛宁离婚……

我沉吟着,我说,是否历史和现实以及美腿邓肯像一面面镜子,使你照到了自己的未来?

紫风说,我没有邓肯那么富有魅力,但是我却在历史和现实的河流中用两个字来泅渡,这就是——自由。这个当时我跟黄粱就说了,黄粱以一种冷漠、快意、浅薄的笑说,自由,你自由得起来吗?我懂得他的意思,他的话外音是,你已经是我的人了。我愤怒、凄迷而轻蔑地笑着,心中涂抹着血腥的痛苦,我说你的眼光充其量不过是井底之蛙,你的脑子发霉了可以拿到太阳下晒一晒;我说你还想让女人倒退到那种被迫戴上贞洁带的中世纪;我说你看过巩俐主演的电影《周渔的火车》吗?在人满为患的火车上,一个女人的奔波先是为了一个男人——婚姻,然后是两个男人——爱,最后,是为了她自己——性。我说……他冷酷而敌意地打断我的话,行了,你去做"瘦马"好了,又有性又有钱。"瘦马"是古代扬州对歌妓的特别称谓,他怎么能这样污蔑我!我当时就火了,血在脑子里像泛滥的河在咆哮,我伸手就甩了他一个耳光。我气势汹汹地嚎叫道,黄狼,我当时一激动就把黄粱说成了黄狼,我说黄狼,我告诉你,只要我高兴,我可以跟任何一个我喜欢的男人做爱,只要我喜欢我就跟他上床,比如说,骑鹤,我马上就可以跟他上床。

我的脑子里有一种迷乱,充满放纵的幻想,满眼艳丽的罂粟花在燃烧,在那相互咬噬跳跃的火苗里,我看出隐隐约约有许多形状不一粉色的花蕊交织在一起,袭人的热浪让仿佛吃了迷幻剂的我口干舌燥。但是我的身体始终清醒着,似有一阵透凉的清风从它打开的窗子里拂过,那身子的特殊部位有一双柔软的手从窗子外探进来，也许就是紫风的手，它的柔情的触摸让我渐渐又迷糊起来，我的脑子里呈现的是一幅我跟紫风在床上的浪漫画卷。我突然想到了"紫风放娇衔楚佩，赤鳞狂舞拨湘弦"的诗句，那是我的哥们梦龙醉后向我吐出的艳史真言。想到梦龙，我身体内的涌动瞬间凝固了、僵化了，变成了不由自主的颤抖，我有些惊恐地说，你怎么把我扯上？把我当作个案？我连忙摇着手说，不能不能不能！我对我和紫风的意淫感到羞愧，我觉得我很是对不起我的哥们梦龙，我甚至有一种犯罪感。我前面说过，我的哥们梦龙随时随地都会像跟屁虫盯住我的，他的披着长发的影子不可能在我的眼睛和心灵里磨去。

我只顾自私地自我遐想，戴着虚伪的人格面具急迫地给自己贴上道德标签，我就没有换位思考一下一个女孩子在世俗面前所经受的心灵创伤和蚀心的疼痛，我看到紫风的眼圈红了，紫风的眼里噙着泪水。当我发现的时候，紫风眼里的泪水已经爬过了眼眶的大堤，在脸上泛滥成灾了。紫风说，我不跟你开玩笑，我当时真的就是这样说的，我不是现在跟你添枝加叶添油加醋。骑骑，难道我喜欢你你就不喜欢我吗？难道你还满脑子哥们义气满肥肠封建贞操么？我想，过去的他死了，过去的我也死了，我虽不是凤凰，但是我要涅槃，不是吗？

面对着泪光点点的美人，对着我梦中的黛玉，我不敢回答她的问题更不敢看她的眼睛，我听到了沙宝亮的歌声，心若在灿烂中死去，爱会在灰烬中重生。我逃也似的跑到盥洗室用脸盆给她打了一盆清水，我在盆里放了一条洁白的毛巾，我端过去放在她面前说，快洗洗脸吧。

紫风像一只依人的小鸟开始洗脸，我觉得脸上挂着水迹的紫风更像一朵出水的芙蓉。洗过脸的紫风人陡长了精神，这使我控制不住从内心深处发出微笑。紫风从她随身带的包里掏出几张纸片说，你别老朝我坏笑，也别认为我办公司就一门心思只朝钱眼里钻，其实我还写文章呢，我最近写的一篇叫《我为什么写不出诗来》，我读两段我挺得意的给你听听：

从弗洛伊德破天荒撩开力比多的神秘面纱，历史性地把它奉为创造的根本动力，到当代著名人格心理学家梅洛·庞蒂创立了以肉体为基础的存在现象学，诠释了身体与世界构成中的奠基作用，从此提升了身体在当代思想中的地位。从文化人类学角度看，人类本能地把肉体及其感官当作观照自身心灵和外部世界的通道，哪怕睫毛、脚趾、鼻尖、唾液都是打通内心世界与外宇宙的阀门。美国人甚至直接喊出了，我们革命，所以我们做爱！看到这么激情而铿锵的诗句，我就写不出诗了。那些曾经的形与影，那些天上的月光和五亭桥洞的十五个月亮，就全是小儿科了。就连伊蕾曾经引起诗坛震荡的《独身女人卧室》，什么"你不来与我同居"的腔调，简直就是一种无病呻吟；伊沙"我内裤上与肥皂无关的滑腻"，现在看来是多么的苍白；倒是尹丽川的诗像一根钉子在那片破麻袋上戳了出来：哎！再往上一点再往下一点再往左一点再往右一点／这不是做爱，这是钉钉子／噢！就在我们的"下半身"高手们在诗中尽情舞蹈的时候，你知道老外们干些什么？在曼哈顿五万名妇女一丝不挂地昂首走过第五大道，纽约大学三分之一的学生参加过同陌生人做一回露水夫妻的活动。你看过澳大利亚女足全裸的合影吗，她们脸上的笑容比天上的阳光还灿烂；光芒四射的笑容让种种的霉菌、尘埃和阴暗心理化为乌有，让你心里存不下一点点邪念。

在紫风的文章面前我低下了头，我有些自愧不如，又有些张口结舌，我说，紫风……

紫风挥了下手说，你不要败坏我的兴头，你也不要紧张、恐惧，其实有些更极端的例子我在文章中还没有用哩。哈，你干吗像不认识似的看着我，紫风变成坏女人了？从朗读中我的确体会到一种发言的快感，我的唯一的听众加观众，我会跳过一些段落，但你得耐着性子听听我的结束语吧——

当代女性主义文化的著名话题之一，便是提倡女性用躯体说话——作品的根本源自女性的躯体。这就必然地出现了像卫慧、棉棉用身体写作的美女作家，也不难理解九丹的妓女文学，以至木子美以两周换一个男人的刷新频率和切身感受写成的纪实，将网络点爆了、点瘫了。我的诗歌则不一样，我只是观念上的前卫、先锋、现代、后现代，并对艺术有了更多的理解和宽容，但是我的行动实质上还是很中国化的，中国特色、中国气派、中国精神，相对于新新人类来说，封闭、滞后、锈蚀，正是在这种观念与行动的矛盾冲突中我搁下了笔，或者丧失了诗的灵感，这也许是我为什么写不出诗歌的理由。

听她读了让我有一种陌生感的文章，我紧张的身体就有了一种松动，空悠的心房就有了一种填充，我在那一刻一定是忘了我的哥们黄粱梦龙，不知不觉迷上了这位读了很多书、会写诗、可脑子里又乱糟糟地专生怪念头的女孩子紫风。如果我耳朵不是摆设而记性又不是很烂的话，我记得紫风刚刚说了她喜欢我，而她这种新潮女孩喜欢一个人是十分危险的，我刚刚松弛下来的身体又绷紧了。果然我就看到她的眸子里亮亮的有一种火星似的东西在闪动。而我要浇灭这火星的，最好的喷雾或者隔断就是黄粱梦龙。

我说，梦龙怎么还不打电话过来，晚上说好了到菜根香聚的，我们都是你的共谋，虽不讲究接封、洗尘什么的，但热闹热闹总少不了的，也好筹划一下公司和电视的事。

紫风优雅地笑了笑，你还指望，他这个龙呀这时候变成隐形的了，你到哪里捞他？

我不信，我开始拨电话，他的手机关了，他的家里，他的朋友的朋友的朋友，都说没见着他。真难以置信，他这么大的一个人说跟哥们姐们猫腻就猫腻了。在这茫茫人海里，让我哪里去捞这样一根会写诗的绣花针呢？我又想，他是不是因了紫风一个人憋着气就跑到舅舅那里去呢？

看我一脸沮丧的样子，紫风说，喂，看你这么个状态，还为我热闹热闹呢？

我吐了一口浓痰，想要吐掉一脸的阴霾，我让自己振作一下还破天荒地点了一颗烟，我说，请吧，到菜根香，说好了到菜根香的。

紫风说，得了，下午在冶春就弄得我一肚子气，我哪儿也不去，我就驻扎在沙家浜不走了。

我心头一热眼泪差点掉下来，想还是咱姐们哥们够份。我说也好，咱也不在乎什么排场形式，边弄几个菜边等着。我真死心眼，还是念念不忘那小子。我搬出一箱藏秘香格里拉干白，再搬出一箱藏秘香格里拉干红，又拿出舅舅送的草鸡蛋，以及贮藏在冰箱里的肉、鱼、蔬菜、水果什么。我脑子拐了一个弯，这才想到在家里吃其实更好，我要让她裹挟在我刻意营造的舅舅的氛围里，让她吃出舅舅的滋味，让她走进舅舅的精神世界，从而为舅舅拍电视剧的情绪像发酵的面团不可遏制地高涨。

各种美食的香气越来越浓郁了，是我和紫风一起动的手。在我常常被方便面的热气熏蒸的眼里，扎着围裙忙得团团转的紫风越来越像一个波巧的新娘，我感到舅舅的气息正通过她灵巧的手充满了整个的屋子，是雪山高原的气息，是泥土的气息，是大麦果子茶的气息，还有就是草鸡蛋的气息，激动得我连气都快透不过来，好似整个的人都在这种清香馥丽的气息中漂浮起来。我想梦龙一定是到舅舅那里去了，到我们的舅舅那儿去了。就像香气对我的胃子的诱惑一般，猜测对我的脑细胞有一种谜般的诱惑。我又手痒痒地忍不住拨打给梦龙的电话，我也知道这是一种偏执，一种迷恋，一种期待，说到底是一种无法摆脱的说不清道不明的诱惑。

诱惑我的还有不能自拔的幻觉，我常常像一个迷途的孩子深陷进去。天擦黑的时候我和紫风开始喝酒，是香格里拉藏秘的那种，有干白有干红，才喝了三杯，我就觉得控制不住地要重蹈那天跟梦龙喝酒的覆辙，我已经隐隐约约看到正在喝酒的一男一女是舅舅和舅母。自从开始为舅舅写电视剧后，我的精神世界乃至整个吃喝拉撒都无法不跟舅舅联系起来，甚至在梦中也毫无例外。我清楚地知道亲眼看到的不一定就是真实的，但是我难以拒绝我头脑中幻象的诱惑。

真实的情景就是这样，那天我和紫风喝着香格里拉，喝着喝着，我们的脸颊上就各升起两砣被高原强烈的紫外线烙上的紫红色红晕，这时候我不但不认识紫风，而且不认识自己，我浸渍在酒精中不断地自我证明着——我是舅舅而坐在我对过的女人是舅母，因为我俩的脸上都有雪域高原人群特有的印记，这使我格外地在幸福中沉醉。我还不断地用筷子给对面线条饱满而模糊的影子搛炒鸡蛋，是鸡蛋放出的金色光芒刺痛了我的眼睛，我这才从幻象的纠缠中逃脱出来，渐渐看清楚我不是舅舅，我眼前晃动的影子也不是舅母，而我筷子下是舅舅养的一种草鸡下的蛋，它有着一种鲜嫩而朴质的醇香，更有着一种乡村太阳照出来的麦子和油菜花般的金黄。从幻象中逃出来的我已经清楚地看到了紫风生动的脸，从她欣悦的表情看，她是很欢喜吃这种舅舅送来的鸡蛋的，不要说她在即将被沙漠包围的北京待了一段时间，就是在此刻，在我们以蛋炒饭闻名世界的烟花三月的扬州，这种绝对纯正的草鸡蛋也不是容易吃得到的。这金黄的有着麦子和油菜花颜色和香味的鸡蛋，我一块一块地搛，她一块一块地吃，有时她嫌我慢了，就连着几块自己搛。吃着吃着，她忽然说，我吃出这鸡蛋里的烟花三月的味道了。我鼓励她说，已经有感觉了，再吃。她说，我吃出这鸡蛋里舅舅的意味了。我高兴坏了，奖赏似的又搛了一块给她，自己也不客气地搛了一块，慢慢品味。我说，这鸡蛋里有着舅舅的烟花三月，也是烟花三月里的舅舅。我说你品味出来了吧，这蛋是舅舅养的舅舅送的，舅舅就在我们身边。紫风睁大了眼睛，呼吸有些急促，对，舅舅就在我们身边，但是我忽然有一个发现，这个舅舅不是别人，正是黄粱他自己。我差点跌破眼镜，我发现我的错误是只顾搛这金黄色的舅舅的草鸡蛋，而没有讲关于舅舅的故事。我开始沉浸在一种浪漫的情调中讲舅舅的故事，讲这位年轻的少校副团长，讲他爱上了农奴主的女儿卓玛，讲他的打着响鼻、嘶嘶鸣叫的枣红马，讲他的心爱的勃郎宁手枪，当然也讲了他的对手那个是狼们的头、统帅、首领或者酋长的老狼。

　　紫风只是笑，边笑边喝酒，或者说边喝酒边笑。紫风说，你这一说更坚定了我的猜测，你这些货是从那家伙那儿贩卖来的吧？这是胡诌呢，说的哪儿通哪儿，现实中哪有这样的人和事，这些都是诗人走火入魔的想象嘛！我判断这个舅舅真的就是他自己，肯定真是他自己，是他臆想的产物，是他诗意的化身，是他对农业时代、最好是井田制生产力条件下绝对的一夫一妻制的向往，是他的一种精神的寄托，并企图以这种精神神话慢慢地渗透、感化或者改造你我的灵魂。而你，骑骑，正是这个宏大计划或者行动方案的马前卒、工具、打手、游说者、皮条客，说得好听些顶多就是一个急先锋。

我傻了，我虽然酒喝得舌头不太好使，但我的脑子只要逃出了幻觉就还算清醒，现在的讨论已经深入到不仅仅舅舅是谁的问题，而是我是谁谁是我我说了谁谁说了我的问题。这么复杂的问题，我的脑子就一团浆糊了。我眼睛朝旁边睃了一下，看到有两只酒瓶躺在那儿，藏秘香格里拉，这代表了它来自舅舅呆过的神秘的雪域高原。空着的瓶子一只是干白，这代表我，男的；一只是干红，这代表了她，女的。开第三瓶的时候我脑子还转得过来，我开了瓶干白，我希望通过这酒我汲取更多的阳刚之气，并将她的阴柔之气蒸发掉，从而将她跟我对舅舅的看法一致起来。因此，我欲擒故纵，耍了小小的手段，我说我们现在什么都不谈，喝酒，快乐地喝酒。

紫风丢给我一个似烟花三月里飘飏着的柳絮的媚眼，像一粒采自日光城火种中的火星蹦进了我正在嗤嗤蒸发着的酒气里，我的体内立即腾起燃烧的火焰。我有一种危险的感觉，我感觉我不是写小说的，她也不是写诗歌的；我既不是为梦龙所诱惑的为舅舅写本子的枪手，她也不是为本子而来的拍电影的老板。我感到这危险来自我是一个男人，一个崇拜她的男人，而她是一个女人，一个在我的梦中和林妹妹合而为一的女人，而且这是两个酒喝得激情万丈、豪情怒放，已经如天马行空挣脱了任何束缚的男人和女人。

我们还在喝酒，不断地碰杯，透明的高脚酒杯当当地碰撞也许正是我们两颗年轻而驿动的心在碰撞。酒喝得我浑身燥热，我开始脱衣服。而紫风比我脱得还要快。她属于那种蒸笼头，特别能喝酒，又特别地能淌汗。她说得很对，她不是林黛玉，也不喜欢林黛玉，她不会葬花，不会焚诗，更不会得痨病，她身体的线条流畅得像一个体操运动员。她的披肩发从脖子的后面跑到了脑门前面，像黑色的瀑布在凌空流动。

紫风正举着杯子跟我大发感慨，她把披肩发朝后捋了捋说，我希望我和你的关系就像这杯中的酒，透明，清澈，单纯，甜甜的，又略微带点酸。

我点点头，我说我体会到你的心境，这是一种真实，一种和谐，一种快乐。

你找到这种感觉我很高兴，这就是发现，这就是快乐的根源！紫风又跟我干了一杯，我们彼此间有一种吸引，更感受到一种相互的呵护，回想起以往的庸常日子，在今天我们坦然裸露灵魂的对话中，我的心灵深处有一种叛逆或者震撼。我耸耸肩，哪里，这不过是性的差异，陌生感、新鲜感、满足感。紫风说，对性你不要简单地下结论，我很推崇李银河性有三个层面的说法，第一是生养，主要是通过婚姻，也有其他形式；第二是关系，从前卫的换妻俱乐部，到权力、金钱等等的关系，说来也自有它存在的缝隙；第三是最高级的，就是快乐，这是一种最纯粹的境界，可以用回归伟大的自然力来形容来赞美。作为社会一个符号一个角色的我，第一是我反抗的，第二是我不屑的，我追求的是第三，就跟我手中这酒一样，是通体透明的，快乐之后还是快乐，我喜欢并迷恋于这种单纯和纯粹，应该也是我用诗的形式永远歌颂的母题。

我说，但是……我的哥们黄粱梦龙幽灵似的又出现在我的面前，又倏然消逝。我醉眼蒙眬，我灵魂深处那种习惯的力量一定要跟我的影子理论一番。

但是紫风在我犹疑的当儿，扔下酒杯和满桌的狼藉早跑到我的书橱跟前了，我过去时她手中正拿着一本巴尔蒂尼的画集，她翻开的那面正是著名的《吉它》。画面上是一位形容落魄的男子，把一位少女像吉它一样抱在膝上，右手拨向"湘弦"的位置。对不起，我又想到了商隐先生的"赤鳞狂舞拨湘弦"，准确地说是我的哥们黄粱梦龙又跳到了我的面前，梦龙眨着眼睛对我——其实心里是冲着舅舅的叙述——又在我的眼前流动。在迷幻的情景中我简直弄不清我是谁，骑鹤还是梦龙？在一种韧性和耐力的角逐中，我真的放弃了自己，也不是放弃，是被覆盖，被遮蔽。紫风的目光正在我不断回闪的回忆镜头中变得痴迷，她看我一眼就像闪电一样将我击中，她说，我是吉它。我其实已经在熊熊地燃烧，我不知道燃烧我的是酒精，感情，还是欲望。我神经错乱神魂颠倒地再看画册，画上那幅形容落魄、满脸酒气的男子竟然是我，而少女竟是像玫瑰花一样开放的她。我抱着紫风，右手拨向"湘弦"的位置，弹起了吉它，这是一曲无声之韵，此时无声胜有声呀……但事后紫风还是禁不住哼起了扬州小调：杨柳青啊呐，七塔七呢，崩儿呐；杨柳叶子松儿松呐，松又松崩又崩，松松来青又青哪，哥哥，杨柳叶子啊！紫风的歌唱得活泼调皮，而且是一种传达出现代气息、生活气息、通俗气息的老歌翻唱，是旧瓶里装的新酒，我被深深陶醉。在陶醉中我仍猜摸着杨柳叶子松儿松、崩又崩的神秘指向，并在这种幸福的猜摸中，在紫风水一般温柔的港湾里走进杨柳青的绿色梦乡……

酒真是一个坏东西，古人说酒能乱性的，真的一点不假。昨晚那白的酒、红的酒，把我思想上的钢铁长城、严防死守的水坝大堤都冲得歪歪扭扭，我不谈什么道德规范，跟哥们梦龙的那点禁忌还是要的，但是这些都被酒这洪水猛兽全都冲毁了。也许我正在蜕变成米兰·昆德拉笔下的托马斯，开始为自己的艳遇"寻找万分之一的不同"，也许归根结底我是为写舅舅的电视剧本寻找一种灵感吧。不对，都不对，这些都是一戳就穿的托词。难道这仅仅是往昔我的哥们黄梁梦龙与紫风"赤鳞湘弦图"的一种摹本或翻版，我企求在这种体内升起的无法抵制的冲动中证明爱情。紫风一眼就看穿了我的心思，她说，不穿衣服所做的事情都是爱情，心灵的爱情在腰部以上，肉体的爱情在腰部往下。看着我狐疑的目光，她说这话可不是我说的，是大作家加西亚·马尔克斯借小说中人物之口说的。这个浅显而深奥的道理使我对自己的行为有一种宽心和释怀，我俩的事再自然不过了，水到渠成。杨柳叶子松儿松呐，松又松崩又崩……哥哥，杨柳叶子啊！紫风绿荫荫的略带沙哑的神秘歌声，又水似的在我的心里流淌起来。

太阳升高了，我和紫风才从被窝里醒过来。我想到了郭沫若的《凤凰涅槃》，但原诗中的句子我是一句都不记得了，我依照我自己的心迹默诵道：过去的他死了/过去的我也死了/死了死了死了/唯有她似凤凰在火中新生！/新生新生新生……

第九章 绝响

紫风为我着急，甚至笑话我对那个子虚乌有、虚无缥缈的舅舅的痴迷。她再次一针见血地指出我这是中了黄粱的毒，上了黄粱的当，吃了黄粱给我下的耗子药，但我仍然执迷不悟，知途不返。

她说得是对的，极对，我还从来没有对一个人如此痴迷沉醉如此着魔疯狂过，包括紫风。这个已经跟我的身体有过零距离亲密接触的美女诗人，我梦中的黛玉，我怀疑自己是不是利用这种卑劣的手段来拉她下水，诱惑或迫使她成为舅舅这部电视剧的代言人、制片人或者导演。当然舅舅这部电视剧一定会拍得很成功的，否则我死难瞑目，这就保不准紫风在与我的携手中会发展为我的永远合作伙伴。我满脑子都是舅舅，舅舅占满了我的整个精神空间；而舅舅的背后，则晃动着给我吃了耗子药的我的哥们黄粱梦龙的影子。

舅舅纯属子虚乌有、虚无缥缈，这可是你说的噢。早晨喝着酸奶我充满酸意地对紫风说，我坚信舅舅是真实的，不但伸手可及，而且昨天我们都闻到了舅舅的气味。

是真实的，你有什么根据？就凭这几串麦秸扎成的美丽鸡蛋？紫风不以为然地说，你人又没有见过，什么伸手可及，什么气味，不全都是你脑子里的。

　　我觉得紫风对舅舅的这种说法对我是一种伤害，她真的深深刺痛了我。我说，你不要以为我没有见过就可以随便下结论，我主要凭的感觉。

　　紫风看到我如此执拗就做了一个鬼脸，她一定觉得我非常迂腐可笑，她笑着说有时候真实的东西不一定感觉得到，但感觉到的一定真实。

　　我说，我感到你把我当孩子待，在哄我，在敷衍我，你看你这话说得要么缺乏真诚，要么接近玄乎。

　　紫风说，你怎么啦，我这样说不好，那样说也不好，我发现你快走火入魔了，竟不分生活真实与艺术真实啦。

　　我说我不是不分，我是分不清，我也被自己搞糊涂了，一开始可能是为了搞电视剧，现在对舅舅的真实性是一种维护，甚至不容他人践踏。还有的话我没有说出口，我怕对正在处于跟梦龙对峙中的紫风是种伤害，其实我心里明白，我深陷在我的哥们黄粱梦龙关于舅舅的诗意叙述中不能自拔，甚至有一种病态的、狭隘的、梦幻般的留恋。

　　何必要朝这个牛角尖钻呢？你写的既不是新闻纪实类的，也不是重大革命历史题材，毋须单位、权威或者什么什么委员会审的。我不吭声，眼睛鼓得比牛眼还大，紫风一定从我的眼波里看出了某种坚硬的东西，紫风似乎妥协了顺着我的毛抹说，从舅舅的恋爱史写起，这个角度挺妙，人物故事也棒，你写吧，本子出来后我们一起拍。实话实说开始我还真吃不准这舅舅的内容，现在看来我的担心是多余的，就凭你这么投入这么执着这么痴迷，我跟你说，我预感搞出来的东西一定特棒。但我要友情提醒或者警告的是，你无论如何不能囿于舅舅是否真有其人，又是否真有其事的羁绊，你要跳出一切条条框框展开想象的翅膀，你更不能画地为牢自我束缚，哥哥你大胆地朝前走！

　　我还是没有说话，我不知道说什么好，但是我真的心存感激。这一点，紫风一定从心灵的窗户我的眼睛里看出来了，她的脸上写着满意甚或愉悦。实际上我的身体里一直有另一个声音在喊在拼命抵抗，不，这不能含混，我就是为舅舅，而且是真实的舅舅而创作。在这件让我骑虎难下的事情上，我不知道我是该咒骂还是该感谢我的哥们梦龙；就像紫风现在来到我身边，我不知道是咒骂，还是感激她。我的手机上收到一则隐去号码用诗歌的形式发来的短信息：她走了／她走得优美／她走得堕落／她在男人的指间辗转漂泊。它在骂谁？我身边的女人。我将它删去，连同我压上一块石头的心情。

我要把公司的一些事办一下，在当地登记注册什么的。紫风一定注意到了我紧锁的眉头，拉着我的手眼里漾着温柔，漾着仿佛烟花三月水般的温柔。你有兴趣陪我去吗？散散心也是好的。

我当然想散散心，而且是陪我的美人我的黛玉去兜风，但我脑子里乱乱的，全是舅舅，还有跟舅舅绞在一起的梦龙，还有那则我能猜出是谁让人不快的短信息，我有些生硬地说就失陪了。

那我就不要陪衬人了。紫风在风趣的说笑后，就像一阵轻风像烟花三月里的一只蝴蝶飘走了。屋子里很静，我的心却烦躁不安，连钟摆滴答滴答的响声都像碌磕隆隆地在我心头辗过。我坐下来打开电脑，但原来激情而奔腾的思绪竟然一下子卡住了，苦思冥想半天也写不出一个字。那刚写到一半的本子，像臭裹脚布在我眼前飘来飘去，我不知道自己为什么对舅舅的真实性，对我们生活的这颗蓝色星球上有没有这样一位舅舅，对舅舅是否还与我们享受着同样的阳光呼吸着同样的空气那么耿耿于怀。我是否真的躬进了我的哥们黄粱梦龙为我设置的叙述的怪圈？这怪圈的魔力或者魅力就这样大吗？

正是这样，舅舅曾经在梦龙灵动而诗意的叙述中感动了我，但这是历史的真实，还是梦龙的虚构，是生活，还是梦境？问题的关键是，梦龙突然在我们的视线中逃匿甚至消失了，而紫风在听完我的颠颠倒倒的叙述后又根本不相信梦龙有这么个舅舅。我不止一次说过，我正在写着的舅舅的这个本子，我要写出酷似生活的真实。我现在不是写，简直是心里生成了这个凤愿。但是，我骨子里不晓得生活中的舅舅到底是个什么样子，是紫风说的子虚乌有，只是活在梦龙的脑子里，甚至语言中，或者就是梦龙梦想的翻版；还是曾被梦龙的叙述感动的我确信无疑的一个在天地间矗立的具有传奇色彩的人物。而这个人物在垂垂老矣时突然被一种成长的发现和厚重的沧桑感所触动，他极不情愿将打着个人烙印的历史的痕迹就那么悄无声息地逝去，于是他给他那个诗人外甥两次捎来了乡村的草鸡蛋，而这些沉默的鸡蛋又无可逃遁并肩负着历史使命落到了我手里。这些光彩照人的鸡蛋，还是如紫风说的只是梦龙戏剧性活动的一种道具。或者就是梦龙深知他和紫风之间的不可逾越、难以弥补的裂痕，便巧妙地将舅舅的电视剧移花接木、不动声色交到我手里，而那天在冶春茶社的水榭只是一种淡泊如水的交接，在烟花三月如诗的日子里他将舅舅交到了我手里，将紫风交到了我手里，也将电视剧交到我手里。当局者迷，连我自身也难以理喻。

　　真的是剪不断、理还乱，舅舅的事想来想去越想越像一团纠缠在一起的乱麻，越想死疙瘩越多，我必须快刀斩乱麻。否则我真的写不出一个字了，前功尽弃事小，这舅舅的事将会像一根鱼刺鲠在我生活的咽喉里。

　　我别无选择，我依然打电话给我的哥们黄粱梦龙。梦龙的手机依然未开不说，连他的家里也空无一人了，他的妈妈呢？我上午一共打了八次电话，都没有人接，难道他的家里人、他的妈妈都跟梦龙一起去他舅舅那儿了，或者像梦龙一样跟着也蒸发掉了？这一切都使我烦腻透顶，我真的沮丧。

　　其实沮丧的事还在后头，中午的时候紫风回来了，她带回了我们的午餐，电烤鸡、美国玉米粒、松子、西红柿，还有啤酒，这些都能勾起人的食欲。但是当看到还有跟梦龙送来的一模一样的用编织的麦秸包裹着的鸡蛋时，我一看就傻眼了。事情也许正跟我背道而驰，正向着缥缈的方向驶去。看到紫风笑吟吟的，我的心里就越发沉重，有一种虚幻感或者说幻灭感。我不怪紫风，她不是反对我，她只是为了给她的预感一种证明。其实，每一个人都有一片静默的天空，任何别的他人都无法踏入这一神秘的世界。只不过平时它们都以一种高贵而沉默的方式存在着。而现在我要说出来，她也要说出来。本来无论是出于礼貌还是别的什么,我应该问一下她的公司注册得怎么样了,但是我却惴惴不安迫不及待直奔主题。我说,你这蛋……是告诉我,这蛋在哪儿都能弄到的,不只是舅舅。紫风说,我跑瓜洲古渡去了,我还在杜十娘跳江的地方站了一会儿,那一带农民都这样把蛋裹起来卖给老外。我噢了一声,这么说我也享受老外的待遇了。紫风说,不只是这个,我跑了黄粱家住的那个安乐巷了,以记者的身份访了他们家的老街坊,又跑了那个路段的派出所,他们众口一词都说,我们晓得或者我们掌握的黄粱的妈妈梁山花是独生女吧,哪里来的舅舅?我还跑了人才中心,调了存在那里的黄粱的档案,他上面也这样填的家庭成员和主要社会关系嘛,并没有什么舅舅么!在霎那间我的心房骤然紧缩,我倒不是特别反感紫风竟然背着我做了回特务,她也是为我着想,我是真的说不清对这舅舅不舅舅的我为什么这么在乎,我的脸色一定苍白,苍白得像张白纸苍白得紫风都有些吃惊。紫风犹疑地看着我说,你怪我吧,没征得你同意我就跑了一圈,连我自己也觉得像个特工似的,但是我觉得你太在乎这个了,弄不清这个舅舅问题你的心灵就不得安绥,你的本子可能再也写不出一个字的。

我已泪水涟涟,我一把拥住紫风,我的梦中的林妹妹,我怎么会怪你,我心里有一种感动,真的感动,挺感动!紫风用她的热吻吮吸着我溢出眼眶的泪,紫风说,你的泪是苦的,这说明你内心深处很痛苦,我的诗人。紫风她说得很对,我是个蹩脚的小说家,半拉子编剧,但是从舅舅这件事上倒恰恰令人惊讶地看出我是一个率真而执着的诗人。我想诗人不一定非写诗,但必须保持着烂漫的童心。而紫风正是一个能与我沟通,也许能和我的灵魂进行深度对话的人。紫风看我沉默着半天不语,紫风一定是绞着脑汁猜摸我的心思,她的说话有点像投石问路,我看这舅舅,在实际生活中也许是黄粱的表舅舅,也许是干舅舅,也许是别的什么舅舅。我说过,我心里有一种感动,像坚硬的冻土在春天的阳光下暖融融地感动。我说紫风我晓得你的意思,你是说所谓舅舅在精神领域里就是他黄粱自己,在现实生活中是他的这些那些这个那个反正是八竿子打不着的舅舅。紫风搂紧我给我一个响吻说,老公,你真聪明!用了"老公"这么个昵称,可见她是多么激动,激动得词不达意,她不是才跟我大谈特谈她远离婚姻的心态。当然我知道她这只是一种表达,而且我也不知道她是否跟别的男人比如梦龙这样表达过,我岂能当真!我不敢称她老婆,我说 Dear,不是这个,肯定不是这个,就凭直觉我敢肯定梦龙就是有个传奇般的舅舅,而且是嫡亲的舅舅。紫风嘟囔道,这个舅舅真是让我伤透了脑筋,比我在皇城根下办批文都难上加难的。紫风脸上露出疲惫之态,头也无力地歪斜在我的肩上。我的心头腾起一股怜香惜玉之情,其实我清楚我是对舅舅的底细有一种没有由来的空虚,我有些突兀地说,我要弹琵琶。

　　我不敢说紫风和我或者我和紫风已经有了一种心灵上的默契,但是至少说她对我的理解是别的任何一个女孩无法比拟的。因为有湘弦、吉它,她马上领会了琵琶,她的眸子里慢慢溢满了音乐的旋律,她的脸上也变得容光焕发,她很快就把自己塑造成一把绝版的琵琶。大胡子马克思说,欣赏音乐,要有音乐的耳朵。面对紫风这把绝版的琵琶,当然要有演奏的天才的手指头。我不是天才,但是我不知怎么攀上风光无限的险峰,我的眼前是大漠孤烟、长河落日、丝路花雨上的驼峰商队、敦煌莫高窟的佛像、秦俑和被联合国列为世界文化遗产的秦始皇铜车马,以及舅舅的勃朗宁手枪、枣红马和神秘的雪域高原上的雪莲花。是的,紫风的身体在我的眼前变幻着,时而是起伏的峰峦,时而是奔腾的江河,时而是皑皑的雪山,时而是盛开的雪莲……这些都从她那能弹出绝响的身体内发出共鸣,这是一种立于山之巅的在静默中的无声之声,这是一种永远的风景。紫风的身体释放出的体香,像天上的佛光和哲理的彩虹将我整个的人笼罩着,我虔诚地跪拜在那里,像敬畏神灵一样颤抖地拨动了琵琶的丝弦。黄河之水天上来,奔流到海不复回,轻拢慢捻抹复挑,初为霓裳后六幺,大弦嘈嘈如急雨,小弦切切如私语,嘈嘈切切错杂弹,大珠小珠落玉盘。天才的指法,全来自上帝的启示,我的手指下流淌着音乐的旋律,我的心房里跳动着诗歌的韵律，在律动中我看到了琵琶——紫风的酥体如一万朵玫瑰花在绽放，而最灿烂的玫瑰是紫风在我身体下的微笑。这是身和心的交融，这是一曲绝版的反弹琵琶曲，这是一道我们两个人的关于诗歌的立体风景！诗歌和爱的精神都在于创造，创造才会放出新的光华，孕育新的生命，也许婴孩和血水会一齐临盆，但不创只会胎死腹中！我真的听到了琵琶在我和紫风灵魂深处的尖叫，我、紫风、琵琶，我们三者是否已融合为一？

第十章 洗礼

我决定在烟花三月的日子里独自一人去安乐巷28号,我没有告诉紫风也没有事先打电话给梦龙家里,是因为我不想给他们造成一种惊扰。也许这种理由太堂皇了。私下里我晦涩阴暗的心理其实是不想让他们作一点的防备,我迫切地想弄清楚舅舅的真实情况,我想找梦龙的妈妈单独谈一谈。在这种谈话正式开始之前我不想透露半点风声,准确地说是不向任何人流露这一心迹,包括紫风。这条小巷子同扬州城里所有的巷子一样,静谧,平和,幽深,同时有一种不可抗拒的寂灭,颓旧,衰败,像上了年纪的老人发出一种很沉重的喘息。突然我眼睛一亮,已经置身于安乐巷27号朱自清住过的屋子前,门楣上挂着江泽民题写的"朱自清故居"的匾额。我的精神为之一振,倒不仅仅是因为这处房子政府花了钱将它修葺一新,而是我感到先生夹着他的《背影》《荷塘月色》正向我走过来。先生微笑着,我在先生的微笑里看到了舅舅在荷塘月色里的背影。我朝前跨了一步,想喊舅舅,我想请他转过身来,看我一眼。我晓得因了心情的迫切,这种想法显出了一种无奈,或者因此冷落了朱先生,先生本是狷介之人,朱先生不见了,舅舅也不见了,一切恍惚如梦。

我恍惚着朝前走了几步,前面就是28号梦龙的家了。这所宅子少说也有三百年了。梦龙家本来是可以搬迁的，市里说把故居两边的房子给拆了，变成花园和绿化带，然后将他们搬到扬州城里最豪华的新能源Ⅰ或新能源Ⅱ，但是梦龙他们家拒绝了。面对巨大的诱惑，梦龙花很大的力气说服了他的妈妈，梦龙说妈妈再好的地方我们也不要去，即使是什么别墅、什么花园，我们的本钱我们的立足点全在与院落一墙之隔就是朱自清先生的故居。朱先生这么伟大全中国能有几个能与之比肩，是毛主席他老人家钦点过的。我们是朱先生的老邻居，受惠于祖先的德行、庇护和慧眼；祖上积的德，是祖上的荣光，也是我们的光荣。古代那个孟母为给儿子找个好邻居，搬了三次家，我们为什么就这么轻易地放弃呢？我现在成为诗人以后还要成为大诗人，谁说不是朱先生在冥冥之中保佑我呢！你想想，这处宅子要人气有人气，要地气有地气，要灵气有灵气，就单看这院落里的树，280年，比美国历史长多了。我们这儿，不是风水轮流转，而是我家独领风骚。退一万步说，也是近水楼台先得月，真的是近朱者赤嘛。再说那什么新能源，硬件再好，你倒听听这名字，一点诗意都没有，哪里是什么家居，整个一个仓库或者加工厂。我不知道别人的感觉，我乍一听这新能源名字，那份难受劲就像不经意间突然嚼到一颗霉变的花生米，你吞了吐都吐不干净，也显得扬州人太没文化了。我喉咙一阵阵发痒，憋不住说，像新能源这种名字是开发商、暴发户才起得出来，也不都是现在的扬州人没有文化，是真有文化的反倒站在黑处，不一定就使得上劲。像"八怪"当年就使不上劲，也就在小秦淮的两岸卖卖字画，再写些诗发发牢骚。梦龙说，鹤子你说得对，不说整个扬州人行么，我也晓得这话有毛病，打击面太大。我的哥们黄粱梦龙对我说，我说我自己，我能住过去吗？我住过去还能写出诗来吗？

梦龙果真就没有搬迁，政府也许觉得黄粱梦龙加上古宅古树本身就是一道风景线，也就迁就了他。但是令人扼腕的是，我们没有因此而看到梦龙写出一首足以千古流芳的名篇，当然我们的心情也许太迫切了，我们没有理由让他在那么短的时间里创造奇迹。梦龙解释说，这是有原因的，这些日子他心情不好。后来我才知道,梦龙曾就此事专门征询过紫风的意见,紫风说,这是你家的内政,更是关系到你创作的成败得失,关系到你能否成为大师,也就是关系到你前途和命运的大事,我很难发表意见。很难发表意见,这实际上就是意见。梦龙一听这话,就一阵剜心地痛。梦龙心里清楚,他这个高蹈的理想主义者与紫风这个独立的女权主义者之间的沟通,已经变得越来越困难了,他们间的分歧正变成鸿沟变得难以逾越。其实,除了缺那张红色的派司,梦龙实际上是将紫风当老婆来看的。但是准老婆紫风竟然说出如此丧气的话,梦龙当时差点要昏过去。这些都是梦龙一次醉酒后跟我说的,我说你个现代诗人也感到危机了。他哆嗦着说,危机,一种从骨头缝里冒出来的,风嗖嗖寒滋滋歇斯底里的危机,就像现在正发着的酒寒。

  我现在就站在梦龙常常跟我说话的他的祖屋前,安乐巷28号的黄家古宅前。门紧闭着,黑色使它平添了一种威严,而油漆的斑驳又使它显出几分沧桑,但门紧闭着总归是一种拒绝。然而院落里那一株高大的广玉兰的华冠,就在烟花三月的阳光下跳出院落来,一直跳到我的眼前,像一面绿色的旗帜在烟花三月的背景下召唤,也许更像一座翠色的塔,青色的山,甚至是黛色的云。现在的确不是遐想的时候,但是这里又的确让人容易涌动着诗情。我在一霎那真的领悟到了作为诗人的黄粱梦龙的祖屋情结。一墙之隔不仅有个伟丈夫朱先生,而且古宅的庭院当中就有一株郁郁葱葱的古木广玉兰。这的确是我当时的想法,我也感到了反动,甚至逻辑的荒谬。当时就真的觉得一株古木比起朱自清故居来说,对于黄家庭院的重要。当然对我来说,现在重要的不是祖屋、庭院、古广玉兰,也不是朱自清故居,顶顶重要的是要直接与黄粱梦龙的母亲对话。我要证明她的哥哥我们的舅舅的真实性,并弄清楚他的详细地址他的电话号码如有可能最好还有e-mail,那么我们之间的心理距离在顷刻间就可能变为了零。

  我不可能永远站在这路牙上对着我的哥们黄粱梦龙的居所发愣,刚才那么多缤纷的想法事实上不过只是一闪之念,就像闪电一般照耀着我思想的星空，让我充满忧虑的妄想。我抬起头，看到一碧如洗的蓝色天空下，280岁的古木广玉兰正在无忧无虑的烟花三月开放着硕大的花朵，溢满天空的馥郁的香气像无形的雪花洋洋洒洒飘下来。紫风现在不在，紫风在的话她一定会在这种烟花三月的香气中找到新娘的感觉。尽管她这个女权主义者已经不止一次对我说过，她这辈子不想做新娘。是不是因为紫风不想做新娘了，是不是住在树下的梦龙就感到一种日子的虚妄或生命的缺陷。我不能想得太多了，我抬脚向那紧闭的门走去。经过那么多刻意的铺垫，黑色的门现在在我的眼前是一种庄严的象征。我也庄严地举起手，按响门铃。一声、两声、三声……没有像往昔有一种熟悉的声音传来，传来的是栖息在广玉兰上婉转的鸟鸣。无数的问号像沉寂在水底的气泡纷纷在潮湿的烟花三月冒上来，而且在我的头脑里陡然变大。家里怎么一个人没有？梦龙的妈妈会到哪里去呢？

　　一个想法突然在滑腻的烟花三月的空气里从我的脑海里跳出来，梦龙的母亲一定是跟她的宝贝儿子一道，到她的哥哥梦龙的舅舅那里去了。而且这个想法一跳出来就不可遏制。当然我自己觉得这也不是无中生有的。到舅舅那里，我基本的推理就是梦龙的手机一直关着，我这几天，就没有打通过。我想我的哥们梦龙一定是不想别人知道他漂泊不定的行踪，他在激情浪漫的旅途中独自享受着亲情的温馨。要么就是这一阵子梦龙的心情特别地不爽，他烦，他烦紫风和我么，他要消失一阵子，于是就说服了他的妈妈跟他一道到舅舅那里去，跟他一道消失。要么再次再次的，就是这些原因都不是，原因简单得就是梦龙出门了，到他舅舅那里去了，而梦龙这个家伙不想为那些狗屁不通的通讯公司做贡献，不服气花那受话还要掏冤大头的漫游费。我又一次抬起头，仰望蓝天，先来了一个吐故纳新的深呼吸。广玉兰的香气仍然在烟花三月的天空中弥漫，洋洋洒洒。我的呼吸随之变得清新而湿润，心里的一口浊气不断地在下沉、下沉。

　　再回到我四季园的屋子我觉得灵魂受到了一场洗礼，我不知道这是因为黄粱梦龙家的老宅子，是古木广玉兰，还是因了曾住在安乐巷27号的朱先生。我又开始为舅舅写电视剧，拾掇起那写到一半的本子，继续用笔跟舅舅交谈。虽说不上怎样的流畅，但也不至于滞涩。我不断地调整着自己的心态，告诫着自己是创作是写本子，是艺术虚构是源于生活高于生活，是紫风说的你不要在乎有没有这个舅舅。虽说在理智上我清楚地认识到这一点，但是在情感上在内心深处，我也不知道自己为什么有这么一种无法排遣的焦虑。就像一个人，他肯定不想自己生病，但是他却生病了，我怀疑是不是在精神上我生病了，至少是有一种精神障碍，或者偏执，或者焦炙。我也奇怪梦龙给我送了两次鸡蛋，喝了酒又讲了舅舅的故事后，我就执着地要写出酷似生活的真实。问题是这种真实靠得住吗？我不敢保证。正如紫风说的，你亲自看到过舅舅吗？我不敢朝深处想，我想得头疼。我觉得自己是在一种非常的状态下写作，有点像感冒患者边打着点滴边硬撑着带病坚持着什么，或者像有些体育明星靠打着封闭在参加比赛。我得坚持着，而我的点滴、封闭，就是我给我的哥们黄粱梦龙一天打三个电话，在早、中、晚像服药那样准时。但是这电话从来就没有打通过。我就在这种挤牙膏的状态下煎熬着，满怀着期盼。

功夫不负有心人，正像愚公挖山会感动天帝一样，我打梦龙的手机打到第七天的时候，电话突然通了。这是我久已盼望的时刻，但这一刻当真出现了，我竟有了一种恍惚，我甚至不相信这是真的。我反复说，梦龙，这是真的吗？梦龙说，当然是真的。我说哥们，我想死你啦！你都蒸发到哪里去了？是不是跟着你妈妈到你舅舅那里去了？梦龙说，你说对了一半，我妈妈确实到我舅舅那里去了。但是我哪儿也没有去，我离不开烟花三月的扬州，我要写诗。我说，我天天打电话捞你，一天打几次你都藏到哪儿去了？是不是猫到哪儿写舅舅的剧本去啦？梦龙说，诗都快把我榨干了，我哪有精神写剧本，再说有你这支如椽大笔，我还咸吃萝卜淡操心干什么！我火了，我说，你倒省心，都没有你的事了。我说，见不着舅舅，我已经一个字都写不出来了。梦龙叹了口气声音软软地，说对不起，我写诗写病了，我在苏北医院躺了几天。我啊了一声，我说梦龙你个臭小子，怎么一声不吭不告诉我们？说出这话，我心头颤了一下，我们自然包括紫风，我感到梦龙沉默中的抵制。我说，梦龙，应该让我们去看你。梦龙说，好了，哥们，我已经好了，出院了，即使为了舅舅，我也会好好活着。我生怕梦龙的手机断了，我有些迫不及待地说，我现在最大的愿望就是跟你一起去看看舅舅，去看舅舅！梦龙的声音流畅起来，梦龙说，这好说，我来安排，我们放一辆车子过去，早出晚归怎么样？以往的那种美好的感觉又回来了，像一件在严冬丢失的宝物，在阳光涌动的烟花三月又找回来了。我由衷地说，太好了，把你妈妈也一块接回来吧。梦龙说，她可能还要住些日子，到时候再说吧。我说OK，本子我已经写了一半，见一下舅舅这个本子就能直接进入快车道，很快就能杀青的了。梦龙说，我晓得了，我到时候打电话给你。我说好的，就这样说定了。这一夜我睡得很踏实，仿佛心里有一块石头落地了，连紫风夜里悄悄回来像小猫一样睡在我身边我都不知道。

第十一章 红马

　　早晨醒来的时候，一睁眼我看到我的美人紫风睡在我身边我高兴坏了。实际上我至少有三天没有看到她了，我的紫妹妹总不至于就这么失踪吧。我搂着她，亲她，我说我要告诉你好消息，我让你猜猜我的好消息。紫风慵困地伸了一个懒腰，嘟哝道，你有什么好消息，一定是舅舅的。我搂紧她，我说你真的是我的知心爱人。紫风像水蛭似的紧贴在我身上，她用她的兰花指戳一下我的鼻子说你个甜言蜜语的骗子！

　　当我们一起共进早餐的时候，紫风和我讨论起去舅舅那儿的问题。紫风说，你什么时候去舅舅那儿？我说，听梦龙通知，他说找车的，你就不要去了，避免尴尬。紫风有些气恼，她扔下一块没有吃完的奶油蛋糕说，你这话说得！我和黄粱还是朋友么，我就是要他接受我的价值观，包括你，你们这些男人。再说我作为制片我当然要看看这片中的主人公原形，我不但有这个需要，我更有这个权利。我滋滋地吸着酸奶，讲不出话来。虽说从情感或面子的角度我有些难以接受紫风的说法，但是我心里明镜似的清楚她是极有道理的，她的浑身洋溢着一种诗歌般奔放的热情，直抵我彷徨的灵魂。我还犹豫什么呢？我前面已经说过，我跟紫风的交往正是为了舅舅，为了我的哥们黄粱梦龙呀！我知道这个瓶颈是绕不过去的，我要迎刃而上的正是解开这个死疙瘩。于是我沉默着，我想这是一种默认，我再吸酸奶的时候一点声音都没有，我怕惊扰了什么。

事情正在悄悄发生变化。紫风对我到舅舅那儿的事，从不以为然的善意嘲弄变成了一种关注，而且这种关注越来越迫不及待，我不得不每天更加勤奋地给梦龙打电话。似乎一下子又回落到以前灰蒙蒙的日子，梦龙的手机又关了，家里的电话也没有人接听，我感到梦龙对我的一种回避，这使我心里沉沉地坠着越来越没有底，甚至是一阵阵发慌。我不想把这种感觉告诉紫风，我怕她受不了。当电话打到第九天，拨号次数超过一百的时候，梦龙终于像一个幽灵出现了。我又是激动又是埋怨，我说，哥们你又逃遁到哪里去的？我拨你的手机拨得连那电脑小姐都嫌烦了。梦龙没有正面回答我的话，梦龙说我借的那个单位的车子出远门了，等车子一回来我们就出发，还有个把星期吧，到时候我打电话给你。我不是催促他或者是给他施加什么压力，我必须给他描绘我真实的状态，我说，我现在整天就等着到舅舅那里去，我也弄不明白我见不着舅舅已经一个字都写不出来了。我也不知道为什么？梦龙说，我晓得了，车子一回来我就打电话给你。

过了五天，梦龙果然打电话来了，听到梦龙的声音，我心里有一种雀跃的感觉，觉得烟花三月的头顶上一片烂漫的阳光。梦龙说，真是惨得很，我说好的那个单位的车子，在四川连人带车一起栽到山沟里去了。蜀道难，难于上青天，李白说得还不够，是上西天。我哑然，我也是刚刚听到某某单位的一辆面包车，在峻峭的盘山蜀道上栽了下去，我知道梦龙跟这个单位的头头是不错的，难道我还怀疑他么？听我在电话另一头默不作声，梦龙嘿嘿笑了一下说，从唯心的角度讲，这部车子看来是在劫难逃，如果摊上我们，岂不一起报销！经他这么一点拨，我心里亮堂了，如此说来，我们是躲过了一劫，我反倒为哥们几个捏了一把汗，我甚至有一种暗暗的庆幸和得意。我提议就坐大巴吧，那种德国的灰狗特棒，依维柯也不错。梦龙说，我晓得了，等我把手上的几件事处理好，就跟你联系。

我坐在我四季园的家里开始一天天的扳着指头算着日子，我变得坐卧不安甚至焦灼狐疑,我对着写到一半的舅舅的本子感到非常的不满意,我说过为舅舅我要写出酷似生活的真实,但现在距这个目标遥远得很。我想集中精力把本子先改一改,却常常挂记着梦龙的电话不由自主地走神,在屏息凝神倾听着愈来愈近的我与舅舅见面的时间的脚步声。想象中的见面当然有梦龙和紫风,但是我满脑子里都是我和舅舅在一起的画面。我晓得这的确是自私了,但自私这种钻进入骨髓里的东西,又实在是一种没有办法克服的事。我自觉我跟舅舅之间的某种精神维系,已经超越了写电视剧本这种单一的关系,甚至超过了梦龙跟舅舅之间的血缘关系,这种联系的向度可以说已经辽阔得没有边界了。

在闲得无聊的时候,我常常猜想紫风对舅舅的兴趣,这恐怕完全取决于一个诗人的罗曼蒂克,一个电视人的敬业精神,一个特立独行的女性探求一个具有传奇色彩男人内心世界的好奇,也许她还觉得通过舅舅可以打开通向我内心世界的一个缺口,或者架起一座泅渡的桥梁。紫风这种对异性心灵进行不倦探求的行为,使她的目光变得日益深邃迷人;奇怪的是她的肢体语言对我的身体来说,却越发轻逸放纵。她说现在她觉得自己已变成了一匹红火的马,一匹属于雪域高原的驰骋着的马,载着我奔向我心驰神往的舅舅。她的话深深地灼痛了我,使我的身体和灵魂受到一种鞭笞般的拷问。我不知道此时的梦龙是否也承受着这种心灵的煎熬。我的确是一天见不着舅舅这种煎熬和拷问就愈演愈烈,我时时有一种坐在针毡上坐在铁轨上坐在即将喷发的火山口上的感觉,甚至有一种像炉上的乳猪一样被烤得丝丝冒油冒烟的感觉。

等了三天我就受不了啦!如果你躺在滚烫的铁板上三秒钟的感受,就是我现在欲罢不能的感觉。我决定立即给梦龙打电话。好在电话一拨就通了,这些日子跟梦龙通电话还没有如此顺当过,看来是个好兆头。与舅舅的见面只剩下一步之遥了,我压住内心的狂喜,尽量使自己的口吻变得平和。我说出发吧,我们明天就出发!吐出这句话后我止不住心里一阵狂跳,我似乎用足了全身的力气,甚至牙根都发酸。这事实上已经不是一件普通的只是到梦龙的舅舅那里去的事，在我的内心深处这的确已经成了一件似乎与我的创作生涯甚至生命休戚相关的事。我的哥们梦龙在电话那头的声音模模糊糊，但是我还是以我对他声音的熟悉程度分辨出来。梦龙说，不行，坐大巴或者依维柯肯定不行，我算了一下，我们必须当天来回，就是走它个通宵也必须当天来回。因为舅舅家里没有多余的床。我说，这个不要紧吧，我们可以住旅馆。梦龙说，这肯定不行，你可能不晓得，那一大片旅馆都生虱子的。我自然是怕虱子的，但是急于要见到舅舅的迫切使我有些奋不顾身了，我说，不就是虱子吗，它能吃了我？梦龙说，我其实也是不怕的，但是不止我们两位吧！

　　我晓得梦龙的意思是指紫风，我晓得神经极为敏感的梦龙肯定会说这个话的，不说这个话他就不是梦龙。自从那天在飘着茉莉花香的冶春茶社分手后，梦龙在电话上还没有跟我主动提起过紫风。现在他突然提起了紫风，这意味着什么？他这是什么意思？我变得沉着起来，我说，是的，还有紫风。电话那头是一片静默，但是我却听到了梦龙内心深处凄厉的尖叫，还有那带血的哭泣。我的心房一阵紧缩，甚至有了一种撕裂的感觉，我晓得这是一个无论如何也绕不过去的问题，我带着东方人的负罪感不止一万遍地想过，难道我夺了我哥们的女朋友？难道紫风拒绝了他而我只有选择拒绝紫风？难道我一心想着的到舅舅那里，是要寻求一种梦龙与紫风、紫风与我、我与梦龙之间的权威结论？我前面说过，自从我的哥们梦龙与我和紫风在冶春茶社分手后，我们就没有再见到过他，我与他的通话也一直在小心翼翼地回避着这一敏感话题，但是他今天将话头挑破了，挑破了就好，疖子出了头就好。我觉得我应该勇敢地面对现实，现实是躲避不了的，你不去找它，它会回过头来找你。而且，我总有这种奇怪的感觉，我是因为舅舅因为你哥们梦龙才与紫风走到一块来的。既然跨出了这一步我就应该用肩膀承担起来。尽管紫风这个女权主义者口口声声申明说她不属于谁，她的心和她的身体永远属于她自己。她常挂在嘴边的口头禅是，我有权支配我自己的身体，我就是中国的卡门！或者你接受我，或者我们分开！这种话紫风一定也跟梦龙说过，事实上她已经这样做了。但是我无论如何不能说，我说出来味道就全变了，就成了我的借口或挡箭牌了。我必须面对现实，在这种节骨眼上我只能心存感激，而不能左顾右盼、退却半步的。我几乎不假思索地说，梦龙，我找车子。我怕梦龙反悔，让他没有一点喘息的机会我步步逼紧说，车子包在我身上了，我们明天就出发，明天！我的哥们梦龙没有再说其他的什么就爽快地答应了。

我跟梦龙通话结束的时候已经是上午十点十分，我拎得清这个时候我能到哪里找车子去？而且是明天，跑的又不是短途。但是牛皮已经吹出去了，开弓没有回头箭了。这样讲也不准确，实际上这些日子我真的有一种度日如年、"去"心似箭、望眼欲穿的感觉，不到舅舅那里去我不会甘心我的灵魂就不得安宁；而再等，我觉得多一秒都是多余的，都是受罪，都是浪费我的生命！

现在是时间就是金钱，好在金钱也能买到时间。我将存在工商银行的五千元储蓄全部提了出来。我专门挑了一位开枣红色桑塔纳的哥开始跟他侃价。在我眼里这枣红色的车就像当年舅舅骑的那匹枣红色的战马，我说明天早上六点出发，最迟跑到夜里十二点前，一千元怎么样？的哥死活不肯，说我明天卖给你了，老板你得翻个跟头。我真的没有功夫也没有兴致跟他磨，我说一千五，一千五总可以了吧。的哥脸上有了笑意，但嘴上仍硬着，说认亏吃了，依你，依你。我说我明天拜见我从未见过面的舅舅，我说出于自尊或者虚荣，你得把车顶出租的帽子摘掉。的哥很爽地答应了，问明早到什么地方？我拍了下脑袋，我现在是不是脑神经衰弱变得丢三落四的了。我说，你看我忙得最重要的都差点忘了，我说你就六点钟到四季园吧，准时。

跟的哥敲定了我就打电话给梦龙，我说车搞定了，桑塔纳，明早六点出发，迟了我怕来不及。梦龙说，好的。我说我们明天五点一起到富春吃个早茶。梦龙说，不要，肯定不要，你晓得我欢喜睡懒觉，再说谁这么早去吃早茶。我也觉得这话说得有些心血来潮，经梦龙一点拨连我自己都觉得好笑，我说那么明天一早我们去接你。梦龙说，你肯定不要来，你来也找不到我，连我自己也不知道我明天早上会在什么地方。我禁不住笑起来，我说今宵酒醒何处？杨柳岸，晓风残月，我说，你个现代柳三变又把什么女孩子勾到手了。想到紫风我猛地意识到开这样的玩笑非常不妥，便噤了声，又悄悄回到正题说，这样吧，明早你把手机开着，你开着手机难不成我还找不到你。梦龙嘿嘿笑了两声说，这么麻烦，我还是自己来吧，说不定我就住在四季园里面，六点前我肯定到的。我有些过意不去，我说一晃也好久不聚了，不行我们就晚上聚一聚。若不是又一次想到了紫风，我差点说你就住我那儿吧。梦龙说，不用，不用，我晚上还抽不开身，而且明天我们一整天都在一起。我看了下表已十一点多了，我说要么我们一起吃个中饭，我们把一些细节再谈一谈，你最好给舅舅打个电话。梦龙说，都说扬州虚子，你现在怎么变得这么迂的。我说，那你就打个电话吧，电话总要打一个。梦龙说，我没有跟你说过么，舅舅没有电话的。见我这头仍没有动静，梦龙继续说，好，就这么定了，你还烦什么烦，你其实还没有真正了解我，了解舅舅在我心目中的分量和位置。再说，你也不要那么健忘嘛，为舅舅写电视剧最初的动议可是我呀！这也真是的，我还有什么话可说呢。

　　回到四季园的房子正巧紫风也在，紫风正捧着菜谱兴高采烈地在烧菜。我拎着两箱速冻的富春包子，说，风，明天一早就到舅舅那里去，我已约了梦龙。这包子，飞机飞得全世界的人都在吃，我们也捎点给舅舅尝尝。风表情夸张地说，怎么这么巧，我今天刚约了一个对西藏感兴趣的台湾老板谈电视剧赞助的事，这也是为舅舅呀！我有些不高兴，我说不让你到舅舅那里你偏要去，让你去你又有事了。后来，情绪饱满得像颗就要出浆的种子的紫风对我回忆道，正是她起了跟着去舅舅那儿的念头，她那天办事真是一顺百顺，不费吹灰之力便办好了紫风传媒的一切营业证照，台湾老板也是某实力单位的头介绍认识的。因此，当我将脸拉成马脸一般长时，紫风像欠了舅舅什么似的不好意思了，紫风竟觉得我就是舅舅派遣来的枣红马站在她身边，紫风边炒菜边笑说，好好好，依你，我跟那台湾老板另约时间，还不行吗？可以说是姜太公钓鱼，也可以说是放长线钓大鱼，吊吊他的胃口再说。

第二天我和紫风五点钟就起床了，五点一刻我们梳洗完毕，吃早餐又花了二十分钟，然后我们又花了几分钟把带给舅舅的富春包子及其他要带着上路的东西整理了一遍。我和紫风商量来商量去，我们决定为舅舅装一部电话，让舅舅享受享受现代化生活，同时也便于我们跟他之间的联络。离六点还差十分的时候，我开始在窗前张望，我没有看到我的哥们黄粱梦龙，但是我看到一辆枣红色的桑塔纳从我住的四季园的大门鱼贯而入。

我开始拨梦龙的手机，我拨过去老是已关机已关机……我急得脸上的汗当时刷地就下来了。直打到六点过了五分，手机这才打通了。我急得真想骂一句他妈的你在哪里，但是一想到我们的关系毕竟有了一道暗暗的裂纹，不似以往那般铁那般亲密无间了，我便缓了口气忍了。我说，梦龙，你在哪里，干脆我来接你吧。梦龙说，你接不成了，我现在在镇江哩。扬州与镇江之间隔着长江哩，而那座润扬大桥又没有通车，我一听就真急了，我说你小子跑到金山想当和尚怎么的？你开国际玩笑！梦龙支支吾吾地对我说，一件急事，马上回来告诉你。我说，你马上回来，我就等你，七点半差不多吧，实在不行就八点。梦龙说，你们去吧，我晚上八点都不一定能赶回来。这下把我吭苦了，也把我惹火了，我说你小子还是不是人！你倒逍遥自在，别不是带着你的小情人跑到焦山那座孤岛上去吧？你说起来舅舅舅舅是你的亲舅舅，拍电视剧也是你的动议你的创意你烧起来的火，现在你倒撒手不管，还这样来耍我，你真是比水漫金山的老法海还老法海！等我骂完了骂够了把他骂扁了，梦龙说，我这会儿怎么跟你解释你也不会相信，而且一句两句也说不清，我说过我回来再告诉你。我说，你什么时候回来？梦龙说，晚上十点前我肯定回来，我说话不算数我掉进长江里喂鱼。我的气还没有消尽，我一定是口气很呛地数落道，你这话哪像个诗人，更不像舅舅的亲外甥！话回过头来说，你个钓鱼的都不急，我们背壶篓子的急什么急？梦龙言之凿凿说，你再给我一天时间，宽限一天时间，明天早上雷打不动地跟你去，哪怕天上下锥子。还有，车子我来找，桑塔纳这种车底盘轻，一开起来就飘，一飘起来我就要吐。虽然梦龙他在电话那头不可能看见，但是我还是不由自主来了一个很坚决的手势，我说你在镇江那边快忙你的事吧，别耽误了我们一推再推的行程，车还是我来找，找个豪华的不让你吐的。

不觉就和梦龙通了半个时辰的话，紫风进进出出室内室外走了几个来回，她说她和司机都等得不耐烦了。我脸上绿得像菜叶子灰溜溜地说，今天去不成了，梦龙有急事在镇江，改明儿吧。紫风横眉竖目咬牙切齿地说，这种人离开他真是一种庆幸，谁做了他的老婆，非被逼得跳楼不可。我赶紧跑到门口说情况特殊将的哥打发了，给了一张老头票子，还连连说抱歉抱歉。

我面壁呆坐了一会儿，决定搬出我最后一张王牌，我轻易是绝不会动用这张王牌的。我准备去找电厂的黄总。尽管我曾经为黄总写了篇很有分量很有激情的报告文学，黄总欠着我的人情，实际上，我是很珍惜这份情感的，但是今天没有办法我豁出去了。我甚至没有事先打电话给黄总，我觉得在电话中轻描淡写太浅薄了点。虽然黄总不会计较，但是我觉得还是当面陈述比较好，也顺便看看黄总。至于黄总在不在厂里我完全蒙在鼓里，我有撞大运的意思，也有些孤注一掷的意思。反正没事，时间又早，算郊游，算散心，我蹬着我的破自行车朝城外骑去，而不忙直奔湾头方向。烟花三月这么个多情的日子，扬州城的上空弥漫着琼花若有若无的清香，一路上看到水柔山软、桃红柳绿、杂树相陈、鸢飞草长、鱼跳雀跃，我恹恹的情绪不觉被大自然的魅力消融了。在这一刻，我忘了梦龙，忘了紫风，甚至忘了舅舅，我真有些忘乎所以，放浪形骸。

我不知道为什么将车子骑到了蜀冈，现在上面是一座叫大明寺的古刹。二千五百年前上面建着一个小小的邗国，即后来遭灭顶之灾的邗国，也就是梦龙自喻成这个亡国的国君的邗国。我晓得我为什么来这里，我骨子里还是忘不了我的哥们黄粱梦龙。我来这里仅仅是为了凭吊吗？还是想在这里寻找二千五百年前的古韵或者梦龙曾经的什么气息？我视而不见大明寺高大巍峨的山门，视而不见天下第五泉风骨遒劲的碑刻，但是我不可能视而不见插入蓝天的栖灵塔，那可是印满李白、白居易、刘禹锡、杜牧等大诗人脚印的宝塔呀，我甚至看到了那诗的灵光像祥云一样围绕着塔身。但是就是如此伟大的塔，我对他的注目顶多只有五秒钟，而后我就蹲在地下看了半天蚂蚁打架。我想从中看出哪个是当年披着兽皮的邗国王，哪个是骄横一时的吴王夫差；哪个是布什、布莱尔、萨达姆、拉登。可笑那个貌似坚硬的伊拉克王国，实际上鸡蛋似的不堪美英联军一击；倒是那个长在贫瘠山地里的拉登，布什的精确制导导弹也拿他没辙。我看蚂蚁打架，说到底，实际上是想从它们当中看出哪个是我，哪个是紫凤，哪个是梦龙。

我像从国际的风云历史的沧桑中走出来似的来到电厂大门口，值勤的保安扫了一眼我灰颓的神态和我除了铃儿不响什么都响的破车，便挡住我问，找哪个？我晓得这时候无论如何不能怯，我很牛地说找黄总。他说，黄总正在开会。我说黄总约我来的。我果然就拿到了通行证。到了厂办被证实，黄总真的在开会，而且是职工代表大会。我硬着头皮拨了黄总的手机，手机关着。这时候听到有人喊我，抬头一看是上次陪同我采访的戴眼镜的胖女孩小毛。小毛说你找黄总？我点点头。小毛说我去看看。小毛一会儿就来了，说黄总正在讲话，他就来。我已哗啦哗啦地翻完了《扬州日报》，又翻《扬州晚报》的时候黄总就来了。回到黄总豪华的大办公室，黄总亲自给我沏了杯明前平山茶说，大作家，什么风把你给吹来了。我说，不能免俗，无事不登三宝殿。黄总说，有什么事，尽管说。我说，我正在为舅舅写一部电视剧，我想去看看舅舅，我想用下车。黄总说，你时间这么金贵，这点小事还亲自跑来，你打个电话不就行了。我很感动，有些语无伦次，我说我跑得远哩，要到山东哩，而且我很想看看你。黄总说谢谢，谢谢。把我的大奔给你用怎么样？我连忙摇手说，使不得使不得，太豪华了，有个车跟着我跑就行。黄总说，难得，正巧我要开三天的职代会，又没有什么接待，你尽管用。我站起来紧紧握住黄总的手说，我以我舅舅的名义感谢你，我舅舅是一个在西藏剿过匪的老革命。黄总笑说，那受用不起。黄总拉着我的手不放说，你难得来，中午我们共进午餐，我就喜欢跟作家在一起。我又紧握了下黄总的手，我说黄总你忙，你还要开会，下次，下次。黄总把我送到门厅说，也好也好，等你舅舅的电视剧拍出来，我们一起庆贺吧。

第十二章　水泊

　　清晨五点五十分光景，天才麻麻亮。我眼睛却陡然一亮，我在我住宅的阳台上看到一辆黑色大奔驰进了我住的四季园。

　　我有些喘不过气来，赶紧打梦龙的手机，但手机关了。昨天夜里十二点睡觉前和今天早上五点起床后，我曾两次打梦龙的手机，他说他肯定来，但是现在他的手机却关了。他是不是正在来的路上？手机没电了？到六点的时候，梦龙的手机还打不通。紫风皱起了眉头，坐在一旁沉默着。我佯装笑脸，我说梦龙说他就住在附近，说不定他神出鬼没，突然从天而降给我们一个惊喜。紫风冷冰冰地说，别抱幻想。我便先过去招呼司机小宋，我说宋书记，还要等一个朋友。我们这里管小车司机叫书记，因为在路上他们是掌握方向的。小宋说，没事，黄总说你到山东去？我说，到你的老家，水泊梁山。小宋愣了一下，小宋忽然明白了我的意思，就幽我一默说我的老家应该是郓城。我笑了，说都一样，眼睛靠住鼻子。等到六点半的时候，仍没有梦龙的一点踪影和信息。紫风叹了口气说，别指望了，彻底泡汤了，今天不过是昨天故事的翻版，你这张旧船票已经登不上人家的客船了，让司机同志回吧。我用目光抚慰着紫风说，出发吧，到梁山，否则不闹出笑话让我在黄总的面前脸往哪儿搁？人家那么大的老板可是隆重地把大奔放过来了。紫风说，已经是笑话了，你仅仅晓得舅舅的名字叫梁山伯，就跑到梁山县去，这是哪儿对哪儿？我早就说过生活中没有这个舅舅的，否则黄粱怎么不过来当向导！这真是击中我的要害了，人家说打蛇打七寸，我一听紫风又要否认舅舅的存在我真急得跳了起来，我一把推开紫风有些恶毒地说你不要瞎猜，也许梦龙突然出事了，比如出了车祸、再比如他妈妈死了……我不晓得我都说了些什么，反正我是一种誓死捍卫的姿态。紫风惊愕地半张着嘴看着我，她一定从来没有看过我像头疯牛暴怒的样子。我发现了紫风像一棵在风中被刮弯腰的树承受着我语言的飞沙走石，我还发现我随口说出的到水泊梁山也的确有些信口开河，但是现在细想起来也无可奈何也只能是梁山水泊，我缓口气想说服她其实是想说服我自己，我的口气跟刚才判若两人，我在努力罗列我所知道的一切，我现在说的每一句话都是给自己打气，我将微微发烫的脸朝着她要把每一个音节都吐清楚，也不是一点没有影子的，我晓得梦龙的妈妈是山东人，我晓得梦龙的妈妈把《水浒》看了一百零八回，那哪里是小说，那简直是她心中的圣经！我一到她家里她就跟我大谈特谈《水浒》，她一遍一遍地跟我说，这可是写的我的家乡呀！还有，梦龙常挂在嘴边的一句口头禅是，人嘴巴里都淡出鸟来！这正儿八经是李逵的盗版。紫风的眸子渐渐亮了起来，有一种诗的情愫在流动，紫风的声音也像水在流淌，黄粱嘴上浓浓的大蒜气味我现在都能体会到，黄粱还爱穿花裤衩，光着身子大赤膊睡觉。在片刻的静默后，我们相视一笑。我大声说：中！

小宋开着大奔通过城区北环线很快从江都上了京沪高速，成片成片的金色油菜花、绿油油的麦苗，还有村庄、工厂、零星的建筑物飞一般地向后掠去。我心里虚虚的，一种极不真实的感觉。我觉得我是被自己劫持了，劫持了开着大奔的小宋，还劫持了坐在我身边的紫风。具有浪漫气质的紫风，完全没有我的这种不踏实以及自投罗网的这份痛苦，她的身体和表情都很放松的样子，像个真正的旅游者。是的，到梁山去，从现实走向历史，从真实走向虚构，而且在那真实的舅舅那儿还会虚构出一个电视剧，作为先锋诗人的紫风何乐而不为呢？紫风跟我跟司机小宋，有一搭没一搭地聊着。她还悠闲地拿出化妆盒给自己补妆。当然紫风乐观的情绪感染了我使我很快镇静下来，使我纷乱的思绪更加坚定地奔向一种指向：寻找舅舅！

直至明亮起来的心情像我们坐的大奔在飞的时候，我开始给梁山方面打电话。我选择了民政局。不仅因为我觉得舅舅的事跟这个单位有关系，而且在我的通讯录上记着一个一同开过笔会的文友吴可。我说，梁山民政局吗？吴可吗？我是骑鹤。我有一件事马上要到梁山来一下，可能还要你帮忙。吴可的态度热烈得烫人，哟，是骑鹤老师。稀客稀客，欢迎欢迎。你什么时候来？我说，我已经在路上了，我们自己开的车，连司机共三个人，估计下午到吧。我还简略说了下为写剧本找舅舅的事。吴可说，太好了，太好了，晚上俺为你们接风洗尘。我说你不要搞得太复杂，我说这纯粹是民间活动，私人访问。吴可说俺有数俺有数，下午见。

大奔上了220国道，直逼梁山。这时候我的手机响了。吴可说，你们把车直接开到水泊度假村。到梁山的时候，是下午三点左右，吴可早在水泊度假村的大厅迎候。我把紫风介绍给吴可，吴可说怪不得这么面熟，活脱脱就是一个林妹妹。我很有些醋意，心里说在扬州还没有第二个人称她林妹妹哩，即使梦龙也没听他叫过，好像是我的发现我的命名我的私人藏品一样，但是我又不好说什么。紫风像晓得我心事似的，说我哪里比得上林黛玉，见笑了，我连紫鹃也不如的。吴可说，哪里，哪里，谦虚了，俊男作家、美女诗人都来了，真是梁山有幸。我终于插上话了，吴可兄，你别这么夸张，我们可是文友。吴可说，文友归文友，但有大小、高低、文野之分嘛。听别人说奉承话终归是快活的，在电梯上就有一种云里雾里的感觉。出了电梯吴可便给小宋一把钥匙，说你住806，便将我和紫风朝808带。

一进门我就发现这是一个总统套间，我愣住了。我说，吴可，在车上我就说过我这是民间活动、私人访问，我主要是找舅舅请你做一个向导，你搞这么排场……紫风在后面拽我的衣服角，我懂她的暗示，还是客随主便吧。在房间里，我们立马就感受到清澈的湖水扑面而来，仿佛这房子是建在水上的，透过一排落地玻璃窗，湖光山色、点点帆影尽收眼底。紫风自是欢喜得不行，我亦被这种大自然的情调所溶化。到梁山的第一个强烈感受不觉就从心底浮上来了，是一串感叹——烟花三月不独是扬州的啊！

在那一刻，我体会到吴可的用心，不觉向他投去敬佩而又感激的一瞥。吴可说，这是东平湖。我噢了一声，这么说作为山的梁山周围并没有水泊？吴可说，这就是施耐庵的想象了，他一定是把东平湖搬过去的，或者把山搬到这边来了。我说，我真佩服老施，他将这些东西搬来搬去的。我就不行了，死脑筋，写个电视的本子，还非见见舅舅不可。吴可说，舅舅叫梁山伯吧，俺已经让人调档查历史上花名册去了。我说我想跟你谈谈舅舅的详细情况，舅舅在西藏是中校副团长，舅舅……吴可说不忙不忙，大致情况俺已经知道了。别的大话俺不敢说，只要在梁山，俺会拍胸脯包你弄个水落石出的。我说舅舅的详细情况……吴可说，舅舅的事等会儿俺们专门谈。这样好不好，你们一路也辛苦了，你和紫诗人先洗漱一下，品品茶，一会儿俺们度假村的阮村长专门来拜望你们。紫风觉得盛情难却，我真有点哭笑不得，我说这个这个……舅舅！吴可说，这个你不要烦，这个正是俺管的，俺还约了人事局、军转办的与俺们协同作战，肯定能找到你这个舅舅，找到了俺们会把政策用好用足用活，让舅舅像呆在天堂里一样。我感到疲惫向我袭来，感到眼皮有些撑不住，感到嗓子眼有一种塞了锯末似的焦渴。

在我和紫风品着梁山茶的时候，一个低眉顺眼的小白脸进来对吴可附耳说，吴局，阮村长来了。你看我这人糊涂得，我真不清楚吴可是局长的。我一阵窃喜，浑身像通了电，看来这个向导找对了，与舅舅见面只是时间问题了，怪不得他将话说得满满当当的。

我正在愣神，一个黑黢黢的、肚子圆得像皮球的人滚了进来。吴可忙介绍说，这位是阮村长，是俺们梁山的十大杰出青年。又将我们一一介绍给村长大人，这是著名作家骑鹤，写小说写报告文学现在也写电视剧，大腕。这是美女诗人，紫风文化传媒公司的首脑紫风小姐。我和紫风便与阮村长热烈握手，然后双方交换名片。一切都像庄重的外交场合，而住进"套子"里的我们必须将这出戏演下去。阮村长坐下来了，还在吭哧吭哧地埋头研究着文化传媒公司首脑那几个字。看来阮村长是有些文化的，一般的情况下我们只听到电视上说某国某国首脑。这首脑的确有些吓人！实际上我也在研究阮村长的名片：水泊度假村村长党委书记董事长阮数学。吴可看我琢磨村长的名片便进一步介绍说，阮村长是党、政、经三位一体，一肩挑，他平时最爱别人称他村长，是缅怀亦是荣耀，这当然有典故，他可是名人之后呀，祖上便是那石碣村好生了得的阮氏三雄！阮村长说，俺小名叫阮小子，祖上都是小二、小五、小七的，不都是数吗，俺干脆改个数学。俺小学数学不好，为给自己提个醒，的确具有暗示警示作用。紫风说，这示警得好，一警就警出个村长来。阮村长说，村长算个屁呀，想当年俺们先祖，跟着老宋后面吃香的喝辣的，何等英豪，何等壮举！像俺们吴局长祖上，是梁山好汉的第三把手智多星吴用，何等了得，把个梁山折腾得惊天动地！吴可笑道，摇摇鹅毛扇而已，真正啸聚山林、激荡水泊的英雄还是阮氏三雄等武林高手。阮村长说，俺心里真不服气，但孟圣人说劳心者治人，你不服气还不行。像吴老弟的祖宗摇摇鹅毛扇领导俺的老祖宗，吴老弟今天摇摇鹅毛扇还继续领导俺们。吴可说，不敢不敢，你是市政协常委呢，在外国就是市议员，又是实业家，即使县太爷到了你的风水宝地，你见不见他还要看你乐意不乐意。阮村长笑道，谁让俺们都是名门之后，都是名人，像俺们骑作家……我说，我的祖上恐怕谈不起来，只有我自己勉强跟名人沾点儿边。吴可说，别谦虚，你这个"骑"字不就是"齐"嘛，说不定祖上就是让邹忌讽劝他纳谏除弊的齐威王。我说，好，吴可给我找了个皇帝的老祖宗了，这可是你民政局长说的。大家哈哈大笑，紫风差不多笑弯了腰。

说笑了一阵后，粗中有细的阮村长开始切入主题，阮村长给我们介绍情况的样子像在做报告，俺是俺们梁山旅游总公司的股东之一，俺走到哪儿对梁山是宣传到哪儿。俺们梁山县地处鲁豫两省、济荷濮泰四市交界处，临黄河，京杭大运河贯穿南北，境内还有宋金河、金码河、流长河；山有梁山、青龙山、凤凰山、神龟山、小安山。阮村长自然属职业杀手，说起来一套一套的，阮村长咽了口吐沫继续说，其实梁山周围是没有什么水泊的，要说有就是俺们脚下这片能跟梁山扯上的东平湖。至于说到历史，这个骑作家、紫诗人肯定比俺更清楚，梁山县是《水浒传》的原发地，是与河南少林、湖北武当、四川峨眉齐名的中华武术四大发祥地之一。历来民风强悍、崇尚武术，民间活动至今流行的仍是斗羊、斗鸡。民谚说，"喝了梁山的水，都会伸伸胳膊踢踢腿"。我听得有些入迷，我眼前浮现出舅舅和他那打着响鼻、嘶嘶鸣叫的枣红马以及舅舅与狼的头、统帅、首领或者酋长搏斗的种种神奇。我感到阮村长的讲话正引领着我朝舅舅的方向速跑，我血的流速在加快，我的心怦怦直跳，我吃惊地想怪不得！但是跑着跑着，会玩拳术的阮村长却带着我拐了个弯。阮村长不愧叫数学。数学村长说，我们水泊村还有饮誉欧亚的小尾寒羊，被称为国宝的鲁西黄牛，还有黄河鲤鱼、桂鱼、甲鱼，还有蜜桃、银杏……我希望阮村长继续说下去说到鸡蛋，用麦秸裹着的像工艺品一样漂亮的鸡蛋，舅舅舅母的鸡蛋！但是阮村长却没有说。我心里明明清楚村长不会也不可能说，但是我潜意识里骨子里又很在乎他说鸡蛋。阮村长说的是俺们这里还有一种织品叫鲁锦……我晓得数学村长又拐弯了，我再也听不下去。

　　但是无论是作为先锋诗人的紫风，还是作为正在构建中的企业首脑紫风她都如鱼得水，不管她的外形在我的心目中多么酷似林妹妹，然而她不是林妹妹，她的确是紫风，是紫风传媒的首席执行官，她已经为了她咬定的目标与阮村长热烈地攀谈起来。阮村长说，宣传水泊度假村要仰仗你们笔杆子，俺是个粗人，但俺特别敬重文人。像吴老弟给俺们水泊写的诗，"水泊是我浪漫的子宫"，子宫里的确全是水嘛，真说到俺心窝窝里去了。还有那个做报告的文章，还有《水浒》叫什么呢叫小说还是大说，俺说不上什么理来，但俺佩服得五体投地。吴可插话说，阮村长高见，报告文学虽然直接，却也短命，读者也觉得强迫，倒是小说厉害，《水浒》为俺们做了多少年免费广告！何不请骑鹤先生为俺们梁山写部《新水浒传》。我想跟阮村长谈谈舅舅的事却一直插不上，听吴可讲这话我忙推辞说，这题目太大了，不堪重任，不堪重任，报告文学我倒是可以考虑。阮村长说，扬州那个灯泡老板的俺读过，读得俺直想流泪，好人啊。我说高仁林那篇不是我写的，高仁林是做灯的，我写的是电厂。阮村长手一摊说，这不连上了，没有电他那灯能亮？大家在阮村长的幽默中又大笑了一回。趁着整个氛围的热乎劲，紫风接过话头说，刚才谈到了电，我就想到了电视，为梁山拍一个电视吧，我们紫风传媒是有这个资质的。果然阮村长脸上的皱褶像螃蟹花一样绽放，阮村长一拍大腿，说到俺心窝窝里了，电视那玩艺儿真山真水的过瘾！吴可在一旁推波助澜，《水浒》电视剧对宣传梁山，提高梁山的知名度起到了极大的推动作用，但是俺觉得还不够，俺们要宣传新梁山，所谓济南观泉、泰山揽胜、曲阜怀古、曹州看花、梁山赏名、黄河古道探幽，俺们梁山就有赏名和探幽两朵姐妹花么，这在整体造势中就需要突出凸现水泊度假村。紫风说，这个好办这个好办，我们一部电视剧即将开机，我们可以到水泊度假村来举行开机仪式，来拍外景，大量的外景。阮村长一捋袖子说，说干就干，俺给你们资金上支持嘛，俺是做生意的，讲究经济效益，讲究投入与回报，俺只要看准的九条牛也拉不回头，俺把宝就押在你们身上了。我想我还没有找到舅舅，找不到舅舅我剧本就写不出来，写不出来你们还拍什么拍？！但是他们两个的谈话在深入，他们甚至考虑到拍戏的某些细节，紫风整个的人早已乐成了一棵临风的玉树，而此时的阮村长黄眼珠里竟通电似的变得灼亮，不时斜着眼在紫风的脸上和胸脯上扫来扫去，他甚至毫不掩饰他那种雾里看花的陶醉表情。我悲哀地预感，对他们的事我是挡都挡不住了，我甚至嗅到了一种危险的气味。

　　好在夜色悄悄降临，华灯初上，可以看到落地窗外湖面上的点点渔火。这时候，那个乖巧的小白脸又进来了，先垂手立于阮村长身边，然后弯腰附耳说，阮爷，晚宴备好了。阮村长招呼着大家，我们便鱼贯进入梁山厅。

第一道菜就将我和走南闯北见多识广的紫风吓住了。只见圆桌的中间放着一个大如面盆的洁白瓷盘，盘上置着一个逼真而诗意的梁山造型。瞧我们看得发愣，阮村长的得意溢于言表，这是俺的镇村之宝，山体是用去皮的大枣堆砌的，绿水是猕猴桃的汁，这些树木、花草、舟船、鱼虾、莲藕、飞禽走兽等是用蔬菜、瓜果雕的，这登山的台阶是用柑橘瓣垒的，这"替天行道"的青黄大旗自然是俺们村的特色蛋皮薄饼做成的，插在山顶好不威风。我说，我不敢吃，这是巧夺天工的工艺品！紫风说，这是凝固的诗！连给我们握方向盘的书记小宋也说，想当年，我们家的宋江爷爷坐镇这山上，天高皇帝远，是何等逍遥！满桌子的人都笑起来了，大家情绪上有了一种松动。吴可举着筷子脸上写满得意，这道"水泊梁山"是一道大甜菜，非贵宾不上，诸位看看可谓造型别致，美观新颖，外焦里嫩，味道香甜，诱发食欲，最宜下酒。我说你为阮村长这就做上广告了。吴可正色说，好酒也怕巷子深，广告自然要做，上世纪八十年代联合国官员来俺们梁山考察，就吃住在水泊度假村，对着这道大菜不停地竖着大拇指说OK。阮村长说，这菜一上，老外蓝眼睛直翻，乐得直喊我爱，我爱！来来来，我们也尝尝吧。

村长一声令下，无数双筷子直捣梁山。我看到紫风上去就把杏黄旗给夹住了，大有踏平梁山之势。我手中的筷子却畏畏缩缩的。我攥了一块梁山上的"石头"，却有一种犯罪感。我觉得自己成了手拿长矛的官兵，正在逼进梁山，充当着围剿我的农民兄弟宋大哥堡垒的刽子手。我极不忍下筷子的原因还有，这个菜名总让我一次又一次地想起我们的梁山伯舅舅，只有一字之差呀，我想这应该是他栖居的家园……

菜正在七荤八素地上，有上了桌子头动尾也动的黄河大鲤鱼，还有桂鱼，扒团鱼。酒也在穿梭来往地喝，喝的是梁山大曲，我不喝不喝也不知喝了多少杯了。虽然满桌珍馐，但是到现在还没有舅舅的一点音讯，还没有接触舅舅的主题。我有些食不知味，到底能不能见到舅舅，我酒越喝心里越发没有了谱没有了底，因此酒喝得格外沉闷。但阮村长一杯杯喝得兴致正浓,他大声说笑,说着说着,自然就扯到扬州上去了。阮村长说,俺与你们扬州的旅游部门是有业务联系的,扬州俺去考察不止一次啦。紫风说,我倒考考你,扬州有什么?阮村长说,这你难不住俺,扬州不就是一个八怪"瘦大个"。紫风愣了一下,新鲜,你这八怪瘦大个,倒真把扬州的精华一网打尽。说到扬州,喝了酒的我更加兴奋,我开始把舅舅遗忘,我说我要噜苏几句,扬州除了瘦(西湖)大(明寺)个(园),还有何园、汉广陵王墓、唐城遗址、文峰寺、汪氏小苑等等;除了八怪,还出过鉴真、石涛、史可法、朱自清等等名人。阮村长满脸通红,嗓门陡然高了八度,这些俺全逛过,也服扬州是集南方之秀与北方之雄的宝地,但是对扬州出美女一说,俺一直不服气。我看到紫风在掩着嘴笑,为了我的红颜知己我必须打击他一下,梁山好汉不是教导我们该出手时就出手嘛,我像一只好斗的公鸡尖叫一声,村长,我要批判你!阮村长愣了一下,受到挑战的村长愈发意气风发,也愈发冷静,他伸出他那蒲扇一样的大手在空中做了一个制止的动作,声音洪钟似的嗡嗡地震得我的耳膜发疼,秀才,你听俺把话讲完,俺的确注意过扬州的街头,哪里有美女,不是吹,给俺梁山的妞拎草鞋!

  我看到阮村长的大手还闪电似的闪来闪去,声音则像隆隆的雷声在我们的头顶滚动,我的音量和力量怎么都敌不过他,我惟有用知识来打懵他。我说扬州出美女是写进历史的,那个"环肥燕瘦"的赵飞燕其实就是扬州人,算不算美人?吴可一定怕作为客人的我难堪,帮腔说,就是那个身轻如燕、跳掌上舞的,当然算。我越发来劲,西施实际上也是扬州的。吴可说,俺学一句扬州话,不得了,不得了,扬州出美女不得了。阮村长将他面前的一杯酒倒进嘴里,眼睛鼓得铜铃一般,什么飞燕,什么西施,拿大奶子吓娃呢!林黛玉可真是扬州的,吴局长已经跳出来,公开站在我们一边。双方较上劲了,吴村长仰头狂笑,又猛然收住,眼睛里全是不屑,林姑娘,病歪歪的妞,弱不禁风,凤辣子不喜欢,刘姥姥不喜欢,贾母是心疼也不是喜欢,俺们贫下中农更不喜欢,美什么美,臭美!血一下子冲到我的头顶，我的脑袋快要爆炸，当时在我的心目中问题严重得就是泰坦尼克号要沉没了，而我们每一个人都站在这条已经倾斜的船上——这不是蔑视什么林黛玉不林黛玉的，这是他这个土皇帝眼里全然没有紫风小姐。我像一个欲力挽狂澜的勇士，我更像一把被触动了机关的弹簧刀嗖地就立了起来，我尖叫着，罚酒三杯，罚酒三杯，你大村长眼里竟然没有紫风小姐！紫风连忙制止我，骑骑，你醉了。从我的肺腑里冲出一串爽朗的笑声，这是胜利的笑声，这是让泰坦尼克号浮出海面的笑声，我说我怎么会醉，我从来没有像现在这么清醒，扬州美女，远在天边，近在眼前。吴局长诗兴大发，会当凌绝顶，一览众美丑。阮村长把斟满的酒杯搁在胸口，这话说得俺心窝窝里去了，什么飞燕，什么西施，什么黛玉，俺早拜倒在紫小姐的石榴裙下。被酒精浸泡着的所有人还没有反应得过来，酒喝得人面桃花的紫风早给他一个回马枪，村长你拿我寻开心哩，你酒喝得糊涂了吧，你跪的石榴裙是潘金莲的吧！

席上掀起一阵笑的声浪，数阮村长的最高，阮村长醉眼朦胧盯着紫风说，紫小姐你不说便罢，一说又说得俺心窝窝里了，俺是叹惜自己晚生了一千年，那样的话哪里还有西门庆的份。席上又是一阵笑，人差不多笑炸了。但是吴可没有笑，吴可局长的声音像一只亮亮的虫子从笑声里顽强地钻出来，从他有力的手势看一定是他做报告的瘾又犯了，我努力竖起耳朵生怕漏掉了什么。吴可说，山东第一大美人潘金莲，老封建们把她不当人，十六岁被人破了瓜反倒怪罪她，将她作贱嫁给三寸丁，鲜花插在牛粪上她不反抗谁反抗？现在好了，平反了，那个四川的鬼才说她是有反骨的，是女性觉醒的先锋，俺举双手赞成。我听得心里痒痒的，也跟着高谈阔论，从人性上讲，潘金莲也是被污辱与被迫害的嘛。阮村长说，那个写川剧的鬼才叫什么的呢？紫风说魏明伦。阮村长说，对对对，为民论，他为民要讨个公认。虽说有这么个为民论，但是官方还是认为扬州出美女，俺山东人只得甘拜下风，所以这个全国第一大美女的桂冠还得戴在你紫小姐头上。

席间又掀起一股放肆中夹杂着粗俗的笑浪，在笑的涛声中，这回紫风又变了花样，阮村长，桂冠也让你戴上了，总得庆贺庆贺吧。阮村长一听就懂了，俺连干三杯，够哥们吧。吴可说，阮村长，到位啦，你意思意思。阮村长说，这个老弟就不懂了，跟美人喝酒，千年醉一回，喝死也风流！阮村长有些夸张地端起酒杯，望也不望地朝着自己张大的嘴连着倒扣了三次，其娴熟、流畅和节奏的控制，不得不使人想起美国篮球超级明星乔丹的扣球动作，而且酒像长了眼睛似的一滴也不漏出来。紫风在一旁禁不住拍手叫好，爽，爽呀！

可是我一点不爽，跑进肚里的酒向我发难了，它们在我的肠胃中上蹿下跳，拳打脚踢，翻跟头竖蜻蜓，我想吐。痛苦中我又一次想到了舅舅，想到了舅舅曾经的欢乐、光荣、梦想以及眼前的艰难、困苦、悲伤，想到舅舅也许与我们只是近在咫尺，而我们的宴席是如此的豪华奢侈，又是如此地作贱自己的身体和尊严，于是我的酒就喝得更加郁闷。我甚至不要别人劝，我就握着酒瓶自斟自饮起来，我绝对嫌服务小姐斟得慢，尽管她们个个如花似玉，翘着兰花指，樱桃小口里吐出烟花三月的香气。我只觉得眼前人影晃动，花香浮动，我的整个人飘动；我还觉得我的胃子里有一把红色的火燃烧起来，我要用杯子里的液体将它浇灭、浇灭……

我不知道自己是怎么躺在一张宽阔无比的床上的，我不知道。床十分柔软，毛绒绒的。也许我正是躺在梁山忠义堂宋大哥的虎皮交椅上，这虎皮一定是李逵打死了一只虎行的贿。我还听到了嘤嘤的鸟语。我躺在梁山茂盛的已将我深深埋下去的草地上，却被浓郁的香水味包围。有殷红的纤纤细指在我身体的某个敏感部位划过。我渴，嘴燃烧似的渴，我喊风，没有声音。我撑起来寻水，我呕吐得一塌糊涂，吐出了绿色的苦胆。我瘫在地下，死猪一样仰在那里。没有风。风不在。那双红红的纤纤细指将我污秽的衣衫像皮一样褪去。我被剥得一丝不挂，样子一定像只褪了皮的田鸡。我像鱼一样被放入……水中，那不是浴缸，那是梁山英雄们洗澡的水泊。有一片滑腻的白光也跌入水中。像水草一样缠着我。是徐志摩先生在康桥油油的水底招摇的水草。一片肉感的黏性很强的艳红吸引住了我的唇。我分明看穿了这幻化成妙龄少女在泉水中洗澡嬉戏媚笑的画皮。是画皮，它轻盈透亮得只是一片浮在水上的光。我无比愤怒，用黄蜂一样的刺刺向那片晃动的白光。我不能敌友不分给妖怪蜜的，她只配我给她刺。但是我一定是中了蜘蛛精的毒，四肢无力，身子骨软软的，我漂在水中渐渐下沉。我在一种眩晕和窒息中又一次想到了舅舅，大概只有舅舅舅母的鸡蛋和土炕能拯救我……

第十三章 原欲

早晨我被鸟的婉转的歌唱闹醒了,我叉开四肢伸了一个懒腰,我把小猫一般睡在我身旁的紫风碰醒了。我跳下床,拉开窗幔,晨曦中的东平湖被染成一片迷人的金色,波光粼粼。好,新的一天开始了,也许马上就能找到舅舅的好消息,我有些迫不及待。我责备自己一夜无梦,竟没有舅舅的梦。梦其实是有的,那是一种带有色彩的让我难堪的梦。

紫风懒散地坐在那儿打着哈欠,眼睛布满血丝,甚至眼圈儿有些发青。我深深自责,风为了照料醉酒的我一定是一夜无眠。我一点不记得昨天晚宴之后的情景了。我醉得太深。我只记得我吐得厉害,然后就死猪似的沉沉睡去,连舅舅的梦都没有。人们都说,日有所思,夜有所梦吗?我走过去用手抚慰着风,风灰着脸,又打了一个哈欠,眼光闪烁而躲避。我自责昨天夜里让她吃了很大的苦。我晓得醉酒吐出的秽物比泔脚还要腥臭一千倍。我想赔罪,想跟她亲热一下,可她连话都懒得跟我说,推开我,去盥洗间。

吴可过来邀我们去吃早饭,吴可一进门看我的眼神没等我开口就说,舅舅的事,民政局、军转办分两班人马昼夜不停在查阅五十年前的档案。为怕万一,俺们在电视台还打了流动字幕,寻找梁山伯或梁水泊,不要说这么个大活人，他就是条鱼，也漏不了网的。

我皱了皱眉，我对吴可这种鱼的说法有些感冒。我晓得吴可这只是一种比方，我晓得吴可是没有恶意的。况且，我不能用我对舅舅的那种感情来要求每一个人，甚至他的亲外甥黄梁梦龙，还有跟我一同出来寻找舅舅的紫风。他们不可能理解也理解不了这份执著。说心里话，我对吴可其实挺感激的。我说，吴局长，大恩不言谢。吴可说，啥话，你这样称俺，反让俺生份。吴可一定看到我的眼里蒙着一层薄薄的泪，眼圈也有些发红。

紫风梳洗好从盥洗室出来了，她穿着一身粉绿色的套裙，见不到一丝刚才的阴霾，整个的人像一株沾满烟花三月气息的年轻的树生机勃勃。她朝吴可阳光地笑着，算是招呼。

早餐的时候，吴可为我们精心地策划着旅游的线路，梁山自然要爬的，湖也要游，还有省级风景区忠义堂、问礼堂、莲台寺、杏花村、宋江马道、宋江大寨，还有新建的水浒街、水浒寨、水浒人物石雕浮雕、一关、二关、一〇八级石阶、范曾先生呕心沥血的《水泊梁山记》摩崖石刻……我想起了舅舅，我晓得舅舅的事不能着急，急也急不起来，人家已经连轴转挑灯夜战了。人做什么也不能过分，不能不讲良心。我和吴可其实仅仅是开过一次笔会。都说秀才人情纸半张，可是吴可恨不得将水泊梁山和他的心一起送给我，大有梁山好汉的遗风。尽管因舅舅的事始终悬着，对跑这跑那我没有胃口，没有兴致，但是我觉得既不能拂了吴可的美意，也要对紫风昨夜的付出来一个补偿。我窥视到我心理的阴暗，我要修补，我要反抗。我不断地调整自己的心态，我告诫自己要像热爱舅舅一样热爱梁山的一山一水一草一木，因为梁山就是物化的舅舅，舅舅就是人格化的梁山。

早餐后我将自己的心态调整到最佳状态，我甚至有些跃跃欲试，去拥抱亲近梁山的山山水水。我不可遏制地梦想着在旅游的过程中碰上我并没有见过面的舅舅，连照片都没有见过的舅舅，但是我觉得通过他的呼吸和气味我能闻得出来，我甚至用不着通过他讲话的声音。舅舅应该是满头的银发，白发苍髯像满湖滩的芦柴花雪似的染白大地与天空，映得满世界银光闪闪。舅舅应该是紫色的脸膛，脸上有跟梁山的山山水水一样的沟沟壑壑，刀刻一般的峻峭。舅舅应该是正在水泊摇橹的艄公，立在船尾摇出欸乃的歌。舅舅应该是正在梁山攀援的樵夫，肩上的一担柴像生了根，嘴边的横笛吹奏的音乐潺潺从指缝中流出。噢，舅舅是永远的驭手，舅舅的大脚板正稳稳地踏着齐鲁大地，脸上带着万般的慈祥向我们走来，那匹熟悉的、不见衰老的枣红马正在他身后打着响鼻、嘶嘶鸣叫……

正当紫风在化妆，我收拾着出行的简单行囊时，吴可有些喘气地进来了。吴可说阮数学突然做出一项重要决定，他要跟你们签订一个协议，希望在你们的电视剧中水泊度假村以协拍单位的名义出现，同时以实景的形式拍摄度假村景点二十处，看你们需要多少赞助？你和紫小姐商议商议，尽快给个答复。至于过些日子的开机仪式，与度假村相关的一切费用阮村长全包了。我愣住了。这不是天上掉馅饼？银子朝头上砸吗？我真的愣住了。我的血压朝上升，心却朝下沉。我甚至狐疑地嗅出里面阴谋的气息。看我不吭声，吴可一定以为我被巨大的幸福感袭击、包裹、窒息住了，便提醒说，签字仪式八点五十八分开始，到时候县里的头头们都来的。我这才体会到了阮老板的力量，他打个喷嚏，全梁山就跟着感冒了。

可能是一直没有听到我搭吴可的腔，紫风已踮着脚尖悄悄从化妆间跑了出来。她的头发高高鬓起，用一块白毛巾包着，脸上正自个做着美容，搽的什么膏、什么霜，青一块、紫一块、褐一块，整个一个大花脸。她像猫一样悄无声息地进来了，狰狞的面容冷不丁吓了我一跳。可能是站的角度或者是见多识广的缘故，吴可倒是见怪不怪，他轻轻松松地半开玩笑道，瞧见俺们扬州美人这个模样，阮村长非被迷倒不可。紫风说，去你的吴可，今天又不是愚人节，你不要拿穷人开心好不好？吴可收敛了笑说，你们是我敬重的作家诗人，谁敢开国际玩笑。还有，紫小姐你收拾得越靓越好，电视、报纸都要放头条的。

我不知道吴可是怎么走的，我又一次想到了舅舅。半路上杀出这么个签约的程咬金，我预感到我会与期待中出现的舅舅失之交臂。我不可能抛下紫风、吴可、阮村长一走了之,那样的话我真是一个疯子了。我整个人像被搅在波涛中似的恍惚,一股酸水顽强地泛上来,我差不多要呕吐。

　　紫风开始与我紧急磋商,我隐忍着身体的不适和情绪的波动无奈地注视着她。紫风的呼吸有些急促,看得出她正在竭力控制使它均匀,但是眸子里那种晶亮的东西却像小兽似的跑了出来。我猜那是一种欲望。我感到危险,甚至恐惧。紫风说,骑骑,你看我们的标的摆多少?我咬咬牙说,十万怎么样?紫风轻飘飘地竖起一根指头,加个零吧,一百万,一个景点五万块,不多的,胃口小了反被这些暴发户瞧不起的。我心里一点底没有,像踩在棉花上。我心神不定,我又想到了舅舅,我说就先这样报吧,反正他要砍的,你就代表紫风传媒签约吧。紫风说,这个我倒想好了,山东是孔孟之道的发源地,宋江虽说被逼上梁山,造反起家,后来整天念叨着招安,最终还是讲一个忠字,这个地方是男尊女卑的重灾区,从这个角度说你个爷们不签让人家小瞧了我们,弄不好眼睁睁看着就要下锅的鸟又飞呢。紫风绕来绕去的跟我讲这一大气把我搞糊涂了,她讲得有些道理,又没有道理,按她今天实利的逻辑,和她昨天女权主义者的逻辑,不是自相矛盾嘛,在这个男性主宰的世界你得为你的信仰抵抗,现在怎么不放一枪一炮就放弃就投降。

　　紫风正目光炯炯地看着我,我的眼睛里写满困惑,我看到自己有些狼狈地赤脚站在水里,头顶上压着一个巨大的道德包袱,被紫风猛然吹的一口仙气踉跄着朝深水推去⋯⋯我不是缺乏勇气,我是有了一种警惕,我沉默着,我又一次看到了紫风眼里晶亮的小兽。我嗫嚅着,我说,可是⋯⋯紫风有些急了,脸都憋红了,那是一种别样的娇羞,那是一种恨铁不成钢的怒目,紫风说可是什么?我说,我又不是法人代表。紫风噗嗤一下笑起来,说你呀你,我的可爱而单纯的爱人宝宝,不是法人代表,但是你代表法人,还有就凭你骑鹤一个作家的金字招牌,凭吴可这么个大局长的面子,谁还真会板起脸来数麻子,再说你不要跟我玩小心眼,分什么你呀我的,你中有我,我中有你,你就是我,我就是你嘛。我又一次看到了紫风眼中晶亮的小兽，小兽向我发射出激光一样的光束，我浑身一震，我好像自己被点了穴。我还想说什么，但是我说不出来了，我也不可能说，我还有什么好说的？那样会让紫风肝肠寸断伤心透顶。既然我是一个乐手，紫风是琵琶也好、吉它也好、古筝也好，她毕竟倾身在我的怀抱里成了我生命的和弦，我用颤抖的手拨响了她青春的音符。现在大幕即将徐徐拉开，我难道选择退缩畏葸、临阵脱逃，岂有此理？既然女为悦己者容，那么士就理应为知己者死！我义无反顾，前面是个火坑是刀山火海我也得朝前跳。我不是无法选择，而是已经选择，我唯有与紫风联袂登台，凤鸣鹤舞，琴瑟和谐，风雨同行。

我的目光终于与紫风的目光交融在一起，湿润而缠绵，我奋不顾身地拥抱了她，又胆大妄为地接受了她火辣辣的热吻。我看到她红色的舌头像一束火苗在她化妆成紫色的嘴唇里跳动，跳动得疯狂的还有她眸子里那种精灵般的小兽。我的脑细胞在记忆的高速公路上飞起来了，昨夜醉酒后的一幅幅画面愈来愈清晰地呈现在我的视网膜上。……一张画皮被扒开了，什么精英，什么高贵崇高，什么灵魂工程师，一切美好的词汇都离我远去，甚至江湖上的两肋插刀、哥们义气都是奢谈，有的只有原欲、冲动、力比多、荷尔蒙、内分泌、肾上腺素、白日梦……

身体的不适正被思想的阵痛所代替，我看到了钉在十字架上的耶稣。在我难堪的时候是舅舅的光辉照亮了我。当我见到舅舅的那一瞬间，我看到我满头满脸灰黑色的汗珠像黑蜘蛛一样坠落下来。我现在真的是砧板上的一条鱼。这话也说得太心虚，太绝对，太有点那个了。犹犹豫豫的我，是不是又要反悔？唉，直白地说，我现在是站在明处，紫风可是隐在暗处，中国人历来有明枪暗箭之说。照理我是不应该怀疑风的，但是我心中那口弥漫着浊气的欲望深井正笼罩住我，将她说过的话蒸发出来，她说过男人用理性想问题，女人用身体想问题；她又说尼采教导我们要以身体为准绳，因为身体乃是比陈旧的灵魂更令人惊异的思想；我们国人说得更精彩，屁股指挥脑袋。她还说她在事业上是个行动者，一旦在案头运作就问题多多，破绽百出；一旦回到身体，就变得坚韧有力，酣畅淋漓。我终于从关着我良心的窒闷之井中逃了出来，是舅舅用他刚毅的目光挽救了我，他让我看到了紫风的心，紫风的心是用雪莲花做成的，跟舅母一样是用雪莲花做成的。当然她永远赶不上舅母，舅母是通体透明的，紫风洁白的身体上像下雪一样正落着绚丽的金粉。我的心流浪了一阵又回到心房，我没有道理没有理由更没有权利苛求紫风，人无完人，金无足赤，至于我想象不出她用什么方法战胜了阮村长，这只能说明我弱智。她足有这个智慧，也有这个能力，更有这个魅力。就像她用不了几个回合就制服了我一样，她的能力，加上智慧，再加上魅力，便像闪烁的火星蹦蹦跳跳的光芒四射。

  紫风一定看到我的双眼盈满了亮晶晶的泪水，紫风一定以为我突然看到飞来铺天盖地的钱而热泪盈眶。我不管紫风看到了什么，我更不管紫风怎么想的，我还要说说我看到了什么我想到了什么。我记不得前面我说过没有，紫风紫色的嘴唇里看不到舌头，却有一束艳红的火焰在跳；紫风晶亮的眼睛里也看不到瞳孔，却有一匹雪白的小狐狸在蹦。我都看到了什么？这不是每一个人什么时候都能看到的。这又意味着什么？在那么一个瞬间，我脑子再大也不可能将所有的问题想通想透。但是我要告诉你我看到了火的热情，狐的机灵，我爱这样的女人，一个向我展示了她的全部真实的女人。我控制不住冲动地又一次拥抱了紫风柔软似水的身子，而她伸进我嘴里的舌头真的似火焰在燃烧。她舌头上的火焰烧灼着我，她眼睛里的小狐狸也一定跑进了我的身体像血液在我的血管里乱窜。我的身体就是在这一刻与紫风的身体交融成一片的。我一直读不太懂的王朔的小说《一半是海水一半是火焰》，就是在这瞬间有全新的体悟的。

第十四章 艄公

　　签字仪式在八点五十八分准时开始。开始前，我们与阮村长简明而迅捷地交换了意见，我们提出了一百万的标的，我们提出签字后首付十万，开机时再付到一半，封镜时全部付清。听完我们的陈述，阮村长眉头都没有皱一下一口就答应了。协议的格式早已拟定好了，只等将数字填上去就敲定了。我看到紫风望着我的表情极其丰富，我想若是只有我们两个人我会将她抱起来一圈又一圈地旋转。

　　其实，没有旋转我就一阵一阵地昏眩。人太多，县里的头头脑脑果然来了一大帮，那实业界的就更甭说了。鸣炮奏乐。人声鼎沸。然后是讲话、剪彩、签字、握手、照相、访谈……我像一只不停旋转的陀螺。其实我一直感受到紫风关爱的目光，她鞍前马后不离我左右，纯情的样子让人绝对相信她是我的女秘书，而在不动声色中源源不断让我感受到一种信心和力量。如果这时候让我在紫风和林黛玉之间选择的话，林黛玉第一次丧失了在我心目中不可撼动的位置，此时此刻的紫风以她现代女性的魅力，完全地将林妹妹覆盖，或者说彻底地征服了我。当然，上午最出彩的是阮村长的讲话，开头的时候他给人很低调的感觉，声调缓缓的、低低的，今天的仪式只是一个序幕，真的只是一个序幕，一个小小的序幕。有来宾告诉俺，浙江东阳有个横店村，依山傍水建了一座横店影视城，先后投入四十个亿，收入就不说了，保密。阮村长突然把手一挥，用一种庄严的声音说，俺宣布，俺们村要建一座水泊梁山影视城，总投入一百个亿！阮村长的讲话不仅让我们吓了一跳，而且让在场所有的人都傻了。在全场静默了数秒钟后，人群中突然爆发出欢呼声，县长和书记一人握住阮村长的一只手说不出话来，只是一个劲地比着流泪，几个牛犊一般壮实的小伙子平时看到村长一定老鼠见着猫一样畏惧，此时冲进包围的人群一下子将他们的英雄举过了头顶，人们疯了！

上午由阮村长掀起的狂涛在人们的心中还没有平复，中午一场没有硝烟的鏖战又打响了，那是谁也逃不了的酒的鏖战。豪情万丈的阮村长在致了祝酒辞后到处找我，阮村长逮到我说，昨晚够哥们，来，干一杯。我想朝一边躲，我用手挡着酒杯，不行不行不行，我不能连续作战。阮村长哪里肯放过我，啥呀，都隔一宿了，俺们梁山人有句口头禅，宁伤身体，不伤感情，来，哥俩好！我端着酒杯说不出话来，紫风在旁边给我使眼色，我便铆足了劲说，哥俩好，喝！一杯酒下肚，我感到自己像一架迟钝的老式机器被发动起来，首先不回敬阮村长是一件让自己感到丢人和耻辱的事，我衷心地发自肺腑地被阮村长的气魄所感动所折服，我恭恭敬敬地举着杯子，我说阮村长，我敬你，你早上的声音让我感觉到是在天安门城楼发出的，我这辈子都忘不了！阮村长说，这样说就寒碜俺，来、来，干杯！在咱俩响亮地碰杯后，阮村长突然附耳对我说，告诉你一个秘密，俺这么气壮如牛，完全是为了舅舅。我心中的那团火一下子就被点燃了，呼呼地燃烧，旮旯里的一点点疑惑立即化为灰烬，我找到了同志，找到了知音，找到了组织，这可是阮村长亲自告诉我的，不是梦境，不是臆想，我要大大地庆贺，我要跟村长再喝三杯，跟吴可喝，跟县里的头喝，跟所有的人喝，人生难得醉一回嘛！但是紫风拦住了我，她柔声地说我来吧。紫风代表紫风传媒一个一个地敬酒，像喝凉开水一般喝着酒，把三桌贵宾全敬了一遍。当紫风端着最后一杯酒像一个新娘站在我身边时，掌声四起，我们在人们的热望中四目相对当地碰了一下杯，酒很甜。阮村长第一个端起杯子前来祝贺，紫风说谢谢，他们敬来敬去又是三杯。阮村长脚步踉跄，连声叫好，扬州美人，俺服了！我真的看傻了，我从来没有看她喝过这么多的酒，不是身临其境，我肯定不相信自己的眼睛。我仿佛看到她在皇城根下为紫风传媒奔波的风采，但是她后来告诉我，那天对酒的感觉连她自己都觉得是奇迹。面对如此敬业的紫风，舅舅的电视剧我还有什么理由不写出来，舅舅的电视剧一写出来谁说紫风不能创造一个新的拍片奇迹。李白不是斗酒诗百篇嘛，我的紫风是斗酒剧百集，我举着酒杯喊，我坚信！

我在紫风的扶持下扭秧歌似的回到套间，我有些发酒疯地嚷着，我就见舅舅，我看到了舅舅。紫风按住我的肩膀让我安静下来，你睡一下，做个好梦，一觉醒来舅舅会来的。她这个话说得我心里很踏实，我倒下去就睡到了午后三点。我坐在床边上发愣的时候，舅舅没有来，来的仍然是吴可。吴可一进门就说，舅舅的事已经有眉目了，估计晚上能见底。我睡意犹存地嘟哝道，还要到晚上。吴可说，我的大作家，为翻老档案，我们已经倒下去三个人了。这下子我全醒了，我说对不起对不起，让局长大人费心了。吴可说，瞧你说的，这是俺的职责，更是哥俩的缘分。

这时候紫风过来了，紫风说你们在嘀咕什么呀？吴可说，俺们在歌颂你呢，扬州美女，好生了得。紫风笑道，你又开玩笑。吴可说，下午出去转转吧，既到梁山来了，爬爬梁山，再逛逛水浒街，怎么样？紫风心里正得意，像孩子似的脱口道，帅呆啦！

我们的大奔开过来时，我看到吴可的眼睛一亮。吴可坐在车上情不自禁地叹道，俺们梁山稀罕这么贼亮的车，包括俺们很牛皮的阮村长。我的心猛地一动，他感叹，我更感叹，阮数学为什么不坐这样的车，是拖着小农尾巴的他觉得没有必要显摆吗？从面场上说，这让我们非常不好意思，但内心深处又感激我们敬爱的黄总，是他英明的决策给了我们极大的虚荣心的满足。然后我的心就开始往下沉。如果阮村长没有实力的话，不要说他水泊梁山影视城的狂言，就是他上午和我们签的协议不是一纸空文吗？

不要说一百万了，首付十万拿得出吗？虽然早上签字前我忐忑犹豫，但一旦签了字我还是希望对方能付诸设实施，我迫切地渴望并想象着通过我的笔和风的镜头，在荧屏上呈现出舅舅非凡的形象。

爬山总是令人愉快的，随着高度的攀升烦恼不知不觉从脚板底漏下去，特别是那一块块嶙峋的巨石兀立在眼前，总让在平原上长大的我感到人的渺小和造物主神斧的不可思议。扬州是谈不上有山的，那个著名的蜀冈，那个在两千五百年前曾经在上面建立了一个小小邗国的蜀冈，都算不上地球肌肤上隆起的一个芝麻大的疙瘩。尽管我和紫风在你追我赶中得累得气喘吁吁，但是亲近大自然使我们快活得像两个忘乎所以的孩子。吴可在后面追着说，真是一对金童玉女呀！我立即发疯说，什么，老夫老妻了。紫风则不断发出惊讶、欢快而夸张的叫喊。司机小宋真像到了他老宋的祖地，眼里透出一种虔诚和豪迈。在山顶朝下俯视的时候，我陡然对山南一座神清气爽的村子有了气场般的感觉，特别是有一丛茂密的竹林让我恍惚回到了扬州的烟花三月，我莫明地想这绝对是舅舅出生和生长的地方，因为它在梁山的怀抱里，头枕着神秘的主峰。但当时我没有吭气，连跟我并肩站着的紫风也没有跟她吭气。

下山后来到水浒街上漫步的时候，我的腿不知是因为劳累还是亢奋竟有些发软。但是当我在街中心看到一幅枣红马的挂毯时，我冲动地几步就跨到了柜台前。我的心怦怦直跳，我觉得我离舅舅越来越近了，甚至我的心都已经感应到舅舅的脚步声了。我愣神的档儿，紫风看中了"七个仙女转周围"花床单、"八砖铺地九顶门"大花被面。吴可说，乖乖，这是俺们梁山最负盛名的传统鲁锦，你真有眼力。紫风说，我选的这个最好，好两个人合用的。虽然阮村长的十万元还没跟我们兑现，那一百万元巨款更是天上飞的鸟，但是我觉得我们已经是富翁了，样子轻松潇洒地掏出厚厚的皮夹付钱。吴可忙挡着并接过售货小姐送上的本子划了一个字。吴可说，这算俺送你们的礼物。吴可还给司机小宋选了一幅梁山图。

晚上九点多钟的时候，吴可又来了，吴可说整个普查结果出来了，全县共有梁水泊108人，梁山伯36人，梁山花72人，剔除年龄是否七十岁以上、性别是否男性、是否当过兵、兄妹中是否有梁山花、爱人是否叫祝英台等因素，经过综合分析，俺们最后锁定可能是舅舅的梁水泊2人、梁山泊1人。其中一名梁水泊和梁山伯已成了故人，梁山伯还是烈士。尚健在的梁水泊家住水村。我们明天可以去看看。

  我想立即就驱车前往。我的心飘荡在梁山的夜空怦怦直跳，它甚至与星星共同呼吸着感应到了舅舅越来越近越来越近的脚步声。我接受了他们明日早行的建议，但是我一夜没有睡好，我辗转反侧设想着种种跟舅舅见面的情景，甚至在暂短的睡梦中还出现了跟已故的梁水泊、梁山伯见面的激动人心的情景。早晨醒来的时候，我的眼窝里汪着快要溢出的幸福泪水，这是紫风所看到的迄今为止舅舅在我眼睛里传达出的最动人的画面。

  大清早我们就开着大奔来到了烈士陵园门口，进门后很长的一段路，我坚持要走，我怕惊扰了烈士的英灵。在苍松翠柏的映掩下，烈士梁山伯的墓茔被雾霭缭绕着。我细看了碑文，烈士梁山伯是一九五〇年十一月三十日在抗美援朝那场著名松骨峰战斗中牺牲的，碑文上说梁山伯牺牲的时候仍保持着死前热血贲张的姿态，他手中的手榴弹粘满了美国兵白色的脑浆，他的嘴上还叼着美国佬鲜血淋淋的半个耳朵。后来一个叫魏巍的部队作家，将这场血肉横飞的战斗写进了《谁是最可爱的人》而名声大振，烈士梁山伯在他的家乡就沾了一个衣帽冢的光。他真正的坟地在朝鲜，他的血洒在了那片三千里河山上。他显然不是我要找的我们的舅舅，但这并不妨碍我对他无比的崇敬、缅怀与追思。而且通过排除法使我们的信念更加坚定，我坚信我们的舅舅还活着，也许他并不像我的哥们黄粱梦龙说的他还长途跋涉给我们草鸡蛋。我的心情变得有些沉郁，不是因为这处墓茔不是我要找的舅舅，而是我们真的沉浸在凭吊的悲恸氛围中。我们向烈士敬献了一只插满鲜花的花篮。紫风，吴可，还有小宋，我们都没说话。我们在三鞠躬后默默离去。

  我们的大奔很快朝水村驶去，一直开到水边。水村是名副其实的水村，四周全是水，像一枚硕大的绿荷叶浮在水面上，车子是不可能直接开过去的，我们只得下来坐船。岸边全是烟花三月嫩绿色的芦苇，有许多白色、灰色的水鸟煽动着有力的翅膀，不时在水面上掠过。紫风手搭凉棚看着，叹道，远离城市，空气真新鲜呀，像进了大氧吧！过渡的没有其他人，就我们四个。我的心像一艘潜入深水的潜艇，在巨大的压力和冀盼中正悄悄接近可能中的舅舅。待我们坐定了，艄公长竹篙轻轻一点船就稳稳地离岸了。

艄公满头银发，连长长的髯须都是白的，紫铜色的脸膛，额头有刀刻一般的皱纹，显出一种刚毅。我觉得艄公似曾相识。我说，老伯，高寿了？艄公边撑船边答，小哩，才七十三。想到跟这个年纪捆在一起的那咒人的民谚——活到七十三，不死鬼来搀，大家都困惑地绷紧了脸，为什么他不跳过这常人忌讳而丧气的数字。他太真实，真实得令人肃然起敬。我说，老伯，贵姓？他说，免贵，姓梁，俺梁山的梁。我说，你的大号。他说，大号好记，水泊梁山的水泊，现在上了年岁，都叫俺水伯啦，伯伯的伯。我的心一下子提到了嗓子眼。在我的幻觉中我的身子已经一下子跳起来，紧紧握住了梁水泊的手，使劲地摇晃着，舅舅，我可找到你啦！我的身体不由自主地颤栗起来，以致弄得整个小船都摇晃起来。

水伯说，坐稳，是不是晕船？我还没来得及开口，紫风抢话说，他晕不了的，他是看着这美景醉了。水伯爽朗地笑起来，笑声在水面上随着浪花滚出好远。我说水伯，您身板挺硬朗，不过这么一大把胡子还弄什么船，还不歇歇？水伯的眼睛亮亮的，眼光也变得悠远辽阔起来，似乎水天一色处有什么吸引了他，声音也变得湿漉漉的，俺们水村人人都是弄潮的好手，不是吹俺自个，快赶上浪里白条啦。吴可插话，俺没记错的话，水伯是老海军吧，新中国第一批海军。水伯满脸是笑，每根皱纹里都写满自豪，俺们部队驻青岛，北海舰队的，俺们那军舰开起来可叫威风。我说，那真叫过瘾。水伯说，过瘾，回来后摆弄这渡船，也过瘾，摆弄了一辈子，习惯了，离不开船和水了。我说，都一辈子了，您老该享福了。水伯呵呵笑起来了，俺天天都在享福，这岸是俺的爹，这水是俺的娘，这天上的鸟、水中的鱼是俺的子孙，这水边的花儿草儿是俺的老伙计，这船是俺离不开它、它也离不开俺的老伴。俺虽说是个孤老头子，但俺一刻也不觉得冷清。累了、乏了，一个人的时候，俺就跟俺爹、俺娘、俺的子孙、俺的老伙计、俺的老伴说说话。

大家都在听水伯讲，静静地听着。水伯带着水韵的声音在澄澈的水面悠悠地飘荡，跟水伯手中水淋淋的竹篙呼应成一种天籁的交响，令人心弦激荡。我甚至听到了前进的船体与水面摩擦的丝丝声，这使我更加地渴望早点见到舅舅。我打听道，听说水村还有一位叫梁水泊的？水伯一指前方说，那便是他的墓，睡在那儿也快五年了，每到他的忌日俺总要给他烧些纸钱。吴可问，可是台湾的水泊？水伯说，是呀，他比俺早些年当兵，在福建，五零年那阵在攻打台湾的海战中，被国民党的兵俘虏了。集中营中受的那种罪就甭提了，吃的苦真比这满河的水还多。出来后他就改名水村，为的是记住生他养他的俺们水村。他先卖苦力，积攒了些钱，就漂洋过海到大家拿谋生。紫风笑起来，说，加拿大。水伯说，对，家（加）拿大。你看还没有上年岁，脑子倒不好使了。水村兄到了大家拿。你看，又错了。他到了家（加）拿大，赚了些钱就特别想念生他养他的水村。他在那边也没有找个女人，他就是想念俺这水村。他回来了，他回来就找到俺，他说俺两个都叫水泊的老哥俩好好唠一唠。他说，本以为这辈子见不到水村，见不着老哥了，不想漂泊了一辈子，总归是落叶归根哩！他的死我是有责任的，艄公水伯的声音变得沉痛。水伯说他太兴奋，又喝了好多酒。俺也兴奋，也喝了好多好多酒。俺们喝得东倒西歪喝得酒坛子倒在一边。可是他倒下了，眼睛一闭起不来了。他走得一点不痛苦，像睡着了一样，像睡在水村这个娘怀里的孩子。说着话船已经靠了岸，虽然我心里清楚了这个梁水泊也不是我要找的舅舅，但是我们还是朝岸边走去。

在梁水村这个台湾的水泊墓前，我们向这位从水村出发，经过台湾、加拿大又回到水村的老人致敬。他生命的终点同时又是他生命的起点。他跟那些一辈子也没有离开过水村的人们比总归不一样,他是不幸的,同时又是幸运的。我们献上我们的鲜花和哀思。他人生的轨迹虽说曲曲扭扭的,但他的身上毕竟烙下了历史的一些印记。他谈不上圆满,但谁又圆满?我没有跟紫风和其他人交流,然而我觉得水村老人的人生,散发着一种尽管有些沉重却仍遮蔽不住的哲理的芬芳。

看我们又朝渡船走来,进村只是为梁水村扫墓,水伯疑惑地问,你们是他的亲戚?我说,生意上的朋友罢了。水伯叹了口气,梁老哥总算还有人念叨他。我把一张伟人头给他,算作过渡费。水伯说,太多了。我说,到了梁老的生辰忌日,你也带我们化些纸。水伯说,也用不了这么多。我说,时令八节,你就买些肉打点酒陪梁老喝两盅。见我说得恳切,水伯就将钱郑重其事地收下了,揣进他那贴身的大裤腰的裤口袋里。

四周一片寂静,烟花三月的梁山空气有些凝重,只有撑船的竹篙进水出水的哗啦声。所有关于舅舅的故事似乎都水落石出了,我真的不甘心,我终于打破了沉寂。我说,水伯,您老听说过这么一码事么,在你们这儿有个人当兵到了西藏,后来带了个藏族的老婆回来?水伯眼睛一亮,船也撑得更快了,有呀,俺这一带方圆几十里谁人不知,哪个不晓。那人大伙儿都叫他梁军官,在部队官当得真不小呢,是中校团长,跟县太爷平起平坐,听说后来犯了错误,为他掙回来的美人犯了错误,值!紫风和吴可都吃惊地看着我,仿佛我创造了什么奇迹,但是水伯的声音是那么清晰分明,那个带回来的美人,俺都喊她小西藏。我心里默默念叨着,这小西藏是舅母的第四个名字了,卓玛、祝英台、雪莲花、小西藏。水伯感叹道,他们到水村还不止一次坐过我的船。那女的真是个美人坯子,像个画画上的外国人。我后来就不知水伯都说了些什么。我又一次真真切切地听到了舅舅那从梁村传过来的越来越近的脚步声,我的心嘭地一下就跳出了喉咙,向梁村方向飞去。我说,水伯,他们是梁村的?水伯用惊奇的眼光瞪着我,雪白的胡须也颤抖起来,中,梁村。

第十五章 占领

  在梁村,只要上了些年纪的人,几乎没有不知道舅舅梁山伯与舅母祝英台的故事。但他们中的绝大多数人都说不上舅舅、舅母的大号,他们只晓得梁军官、小西藏。他们回忆说,梁军官一九五八年回到梁村时正值壮年,两道剑眉,一双豹眼,虎背熊腰,虽然两腿由于马骑多了看上去有些罗圈,但永远保持的是一副军人姿态。哪怕在田里干农活,他的腰板也是像松树一样挺拔。小西藏当年还是二十多岁的妙龄,她不像一般西藏女人被强烈的紫外线照射得黝黑黝黑,她大概牛羊奶吃多了,她的皮肤雪白雪白,白嫩得仿佛都能掐出水来。人们回忆说,他们是因为小西藏的父亲死了而去奔丧的。他们在村子里住了三年,三年后他们接到一封电报,然后就去了西藏奔丧,奔丧后就再也没有回来。我追问,去西藏哪里?他们说拉萨。我再追问,去拉萨哪里?梁村人困难地思索着,面面相觑,神情漠然,眼睛只有朝上翻的份,显然他们答不上来,或者他们就认为这不是一个什么大不了的问题。

  梁村人总归是热情的,热情的梁村人将我们带至舅舅、舅母当年住过的宅基地上。他们当年搭建的茅草屋早已坍陷。现在那地方是一片茂密的修竹,随风而轻轻摇曳。在一刹那,我仿佛回到了我的故乡扬州,回到了烟花三月的扬州。这可是梁山的烟花三月呀,硬朗而峻拔的烟花三月。我和紫风摆好姿势在竹林前留影。我使劲地嗅着鼻子。我闻到了四十年前舅舅舅母留存在空气中的气息,那让我鼻子发酸的气息。

舅舅来是无影的,去是无踪的,舅舅像烟花三月从竹林里生起的一股清风……

但是我却在梁山的山顶感受到了这个舅舅呆过的叫梁村的村子,这个长着大片竹林的神清气爽的村子,这个舅舅舅母曾经住过的家园。这不能不说我跟舅舅之间有一种超越时空的感应,这种感应先从水伯嘴里说出来,而现在已被实实在在、可触可摸的梁村所证明。应该说,我到梁山寻找舅舅的冲动或者说偏执或者说疯狂或者说种种努力,已经得到了一种令我都吃惊和感动的结果。

我们到达梁山的第三天午后,在即将告别这座山青水秀的小城时,我们已经是腰缠十万贯的富翁,去省城设计院联系水泊梁山影视城开发规划的阮村长特意赶回度假村为我们送行。在我和紫风跟大伙儿一一道别临上大奔的那一刻,阮村长突然又紧握住我的手传达出一种依依不舍的味儿,听说还要去西藏找舅舅,俺支持你。我的手被动地被他握着不敢跟他的目光对视,内心深处生怕自己兑现不了这个有些沉重的诺言,又小心眼地猜摩他跟我说话的意思或者生怕他说出口的话飞掉。我终于鼓足勇气作为回应握紧了他的手,我的眼睛一个劲地盯着他粗糙但有力的手,我说那天你透露了这个秘密,你也在找舅舅?阮村长肯定地点点头,俺一直在找,但是度假村的事务破鱼网一样老缠着俺,听说你们是冲着舅舅来的,俺这颗老在水泊漂泊的心有一种要靠岸的感觉。我恍然大悟,我的目光飞起来跟阮村长热切的目光融会在一起,我说我们的事业才刚刚起步,我说找舅舅写舅舅拍舅舅我是把它作为一项事业来干的,你同意不同意我的观点?阮村长说,俺完全同意,吴可其实是无意中说出你们找舅舅的事,但是那一晚俺失眠了,俺喝了那么多的酒还失眠了,俺考虑来考虑去,俺就是在那一刻拍板跟你们签订那份协议的。我哦了一声,我心里默默说,协议的成功还是仰仗于舅舅。阮村长忘情地说，梁军官……舅舅，就是在俺们一家，三天没得东西卡牙缝，饿得前心贴后心快要饿死的时候，是舅舅提了一袋红高粱来。阮村长眼里闪着泪光，阮村长说没有舅舅俺阮数学早就变成了泥土。阮村长说俺一直自以为俺心里是最有舅舅的，没想到一个可以算得上跟舅舅不相干的人，却如醉如痴地寻找着舅舅。阮村长说，俺这样说你你可别生气。我的喉结滚动了一下，我知道寻找舅舅已经成了我的一种需要，一种身体本身的需要，写电视剧什么的差不多成了一种借口一种幌子，但是这是我个人的秘密，秘密得连紫风都不肯告诉，于是我半开玩笑地掩饰说，我是被我的哥们黄粱梦龙逼上梁山的。阮村长从充满自责的往事回忆中清醒过来，阮村长心情有些复杂地说是呀自古英雄都是被逼上梁山的，阮村长说刚才那些话，本不想说，为了舅舅也不应该说，说了就俗了，但是俺总感到有一种无形中的逼迫……我心里已经懂了，阮村长其实是一个粗中有细的人，也许我曾经不知不觉中伤害了阮村长奔放的热情，也许他是为我对舅舅的寻找加油……人呀人，活到这个份上是一种怎样的境界，我的心头一烫，眼里的泪水随之夺眶而出，我没有多想就紧紧拥抱了阮村长，这是两个男人之间真诚的对话，更是两个男人心灵的碰撞，一切尽在不言中了！

　　走在前面的紫风突然回过头来吃惊地看着我，她后来告诉我她的第一反应，骑骑怎么也会演戏了，有钱真的能使鬼推磨呀！实际上当时紫风什么也没有多想，她也不知发生了什么事，她转过身来飞扬着她的披肩发朝我们奔过来，那情形如果是在电影上主题音乐一定响起来了，我看到紫风连来了几个九十度又一次珍重地与阮村长道别。吴可也跟过来了，吴可说，紫小姐，你可得为阮村长多写几首诗呀！紫风阳光地笑着，说一定。我说，阮村长本身就是一首诗！我们在车上再一次向阮村长、吴可挥手致意，再见啦，梁山！大奔终于上了高速，我们放飞的心情就像大奔一样激情飞扬，一路狂飙。紫风甚至大声朗诵着被她篡改得一塌糊涂的唐诗：今人北辞梁山泊，烟花三月下扬州……

回到扬州四季园我的小屋中，紫风一把吊住我的脖子说，这次逼上梁山，真是歪打正着。我苦笑着，心里说，什么歪打正着，人家阮村长可全是冲着舅舅的。不过，这个话我说不出口，至少现在还不是说的时候，我不能扫紫风的兴，也不能伤她的自尊心，更不能泄漏我心中的秘密。好在紫风还是想到了舅舅，她沉醉地说，给舅舅拍电视剧的资金一半到位的话就可以开机，弄得好我们还可以赚上一笔，你就快快写剧本吧。我突然想到了我的哥们黄粱梦龙，我说不忙，我给梦龙打个电话。紫风气得把脚一跺说，你给他打什么电话，他要你要得还不够吗？你在梁山不是天天给他打电话嘛，打通过没有？我坚持说，回扬州了，我得给他打个电话，隔着省也许有通讯的盲区，也许我们不明就里，他突然就碰到什么焦头烂额的难处呢？紫风噘着嘴嘟哝道，你就是不听我的。我开始拨号，紫风气得像一枚发射的导弹一下子就将自己扔在床上。我继续拨号，待梦龙的手机号拨完了，电脑小姐却用那带有金属质感的声音说是空号。我怕自己拨错了，又拨了三次，仍是空号。我想，梦龙这小子一定觉得理亏了，换了新的手机。我又拨他家里的电话，也是空号。难不成这小子大动干戈连他妈妈的电话也重装了？我还查了114，报了几个姓名，接线小姐说未登记未登记未登记。我决定去看个究竟。听我说要出门，紫风竟从床上一跃而起。

我和紫风打的来到安乐巷二十八号门前时，我们愣住了。梦龙家红色的大门对子上贴了两条白色的纸条。我不敢说外地，但我知道这是我们扬州人家里死了人的风俗。难道梦龙的母亲……？我们不敢想象。后来很长时间我们才算弄清楚，我们上梁山的那个当儿，正是梦龙母亲处于弥留之际的时辰，这个叫梁山花的老太太怎么说弥留就弥留呢？是不是跟我们寻找舅舅梁山伯有什么说不清道不明的联系呢！梦龙真是太善良了，他狠着心关闭了手机和电话，他独自吞饮着苦酒，他不忍打断由他挑起的我们寻找舅舅激情而浪漫的计划。当那天我和紫风抬头仰望梦龙家院子里直逼天空的古广玉兰树冠时，树冠固执地呈现出一种病态的黄绿色，那朵朵碗口大的白花也浸上了斑斑锈迹，似乎正在萎缩。我听到了紫风突然而至的掩面抽泣声,像一条条亮亮的虫子在空气中蠕动。我对着古广玉兰锈迹斑斑的花朵长长地叹息。我心里,一支久违的歌又冒了出来,当花瓣离开花朵,暗香残留……不管梦龙当初出于什么动机鼓起我对舅舅的热望和好奇,我仍然感激他。我和紫风轮流按着梦龙家的门铃,但院子里哪有半点人的声音哩,一只黄鹂没有翠柳可鸣,在广玉兰的树丛中发出迷茫而孤独的叫声。有一个疑窦自然在我和紫风的内心里疯长出来,黄粱梦龙他会到哪里去呢?

回到我在四季园的屋子,我并没有因为找不着梦龙而沮丧,我跟紫风劈头就一句,我要到西藏去!紫风一听就喊了起来,紫风说你脑子里是不是生了虫子?你疯了?你以为你是谁?那十万元是人家阮村长给我们拍电视拍梁山拍水泊度假村的。你以为那协议白纸黑字加上报纸电视网络政府头头社会名流是闹着玩玩的?我是紫风传媒的法人代表不错,你字一划当真没有一点斤两担子,屁股一拍怎么又做起白日梦?还有,你以为西藏是梁山呀,在梁山抱了个金娃娃,你还想到西藏去撞大运?这简直是守株待兔,刻舟求剑,缘木求鱼,痴人说梦,痴心妄想。我说,我去西藏是找舅舅。紫风着急道,舅舅你已经找了,在梁山还嫌找得不够吗?把个梁山都快弄翻了。君子一言还驷马难追呢,趁着协议的墨迹未干,现在当务之急是落实,是兑现,是开机拍摄。我嘟哝,我还没有完成电视剧的脚本呢。紫风说,我没有听说过谁是这样写本子的,跑上十万八千里,这样写还不写到老妈妈过周。我已经妥协过一次了,难道你还要我怎么样?再说西藏那么远,海拔那么高,地方那么大,去那蛮荒之地找舅舅不说大海捞针,你的身体吃得消吗?我的呼吸渐渐变得急促起来,眼睛里一定放出执拗的光,我从沉默中慢慢抬起头来,有些蛮横地说,我死也要去,死也要去西藏找舅舅!

紫风说不通我,气得三天没有理我。我开始检点自己,我晓得自己真的过分,我更晓得这样硬拼不行,得采取策略攻心,对商人我没有办法,但是对诗人我晓得还是要用诗歌打倒她。有一天我从网上搜索下载了一篇融思辨诗意和梦幻激情的文章送给她。这篇文章叫：西藏最终幻想——

西藏，为什么是西藏？

如果列举一个选择题，梦是什么？西藏应该是不容错过的一个选题。

西方第一个进入西藏的探险家斯文赫定说："每走一步对于我们都是关于地球上的知识新的发现，每个名字都是一种新的占领。"斯文赫定在他那个时代以他的勇气当然可以宣告新的占领，但对二十一世纪无数奔向西藏的人来说，他们渴望的是被西藏占领。

有人在视觉上被占领，有人在心灵上被占领，更有的人，连生命都被占领了。

西藏，代表着这个时代的一个集体幻觉，代表着工业文明浸淫下的城市人的心灵出口，代表着它共有时并不能承载的一些东西。

这个世界上最高的陆地，接纳着我们的梦想，我们应该庆幸，最少还有这样一个实现才是梦的直接方向：就让我们去一次西藏吧！

我看到紫风看得眼睛直翻，看得眼睛放彩，我估摸去西藏的事有门了。我晓得我有脑缺氧的毛病，我不再想西藏不西藏的事，天天一大早就爬起来长跑锻炼身体，紫风跟我憋着劲就去练健美。一天跑步回来，紫风拎着一包东西露出洁白的牙齿对我神秘地微笑。我的心像遭遇到冷空气的水银柱直朝下沉，我惊悸道，这下完了，紫风顺好东西要同我拜拜了。但是我还想以我最后的表白打动她，我说，风，我这几天夜里老被噩梦惊醒，梦中的我变成了一只大钟，一只没有风吹的生满铜锈的孤独的大钟，好像就吊在梦龙家那棵老广玉兰上。紫风说，是黄粱勾住了你的魂。我说，是你不再用生命的风鼓动我，敲响我，我怎么也离不开你了，离开你我就失声、锈蚀，终将腐朽。紫风笑道，说得好听，你离不开女人，离开女人你就会锈，西藏有的是女人么。我说，我离不开你！紫风板着脸道，骗人，你离不开的是舅舅，舅舅，还是舅舅。我动情了，一把拥住紫风，我离不开你，真的离不开你！紫风沉着脸将我推开，别死皮赖脸，离不开也得离，你自个瞧瞧都是些什么。我像一个被当场缉拿的小偷胆怯怯地拉开包，我看到里面的东西都是双份,我已经意识到什么,但是我不敢奢望,我怕紫风跟我来一个最后的晚餐和为了忘却的纪念,我的心狂跳得已蹦出了胸膛,就差像鸟一样飞起来,我软软的身体听到了我虚弱而快速朝前滑动的声音,氧气袋羽绒衫太阳镜防晒霜……紫风噗嗤笑了,去你的,我让你说相声,耍嘴皮子。我一口气缓了过来,我忘情地拥抱紫风,吻她,我说我要吃你的嘴皮子!

紫风推开我说,去吧,给你一点颜色就开染坊。我做了一个鬼脸,心情完全放松下来。跟你说正经事,紫风把椅子朝我挪了挪,我跟一个藏族诗人达娃通了电话,我跟他说了舅舅,我还跟他提了电视剧的事,他很乐意给我们做向导,说到时候他会竭尽全力。我想在西藏,即使没有个一百万,拉个三五十万总不成问题吧。我没有接她话的茬,其实我接不接她也无所谓的,而我的兴奋点根本不在拉赞助上,我只要能去寻舅舅,去西藏寻找舅舅,其他的事我还没有心思仔细想过,不过我挺佩服她,挺佩服,我恭敬得像一个小学生以一种仰慕的目光凝视她,我从内心由衷地发出感叹,这真是爽,爽呀!紫风的嘴角便浮起掩饰不住的笑意,你知道达娃吗?我说,西藏叫达娃的人也太多了,你不是说他是诗人嘛,我好像读过他的诗,我记得有个画家也叫达娃。紫风一按我的鼻子,孤陋寡闻,如果你记性不烂的话,你得拎清这就是一个人,他是诗人,又是个画家,他要为我们这次西藏之行写一首叙事长诗,再画一巨幅油画,连题目都想好了,叫《亲吻拉萨》。我羡慕不已,迎着达娃带着高原气息的目光,我看到了舅舅在那世界第三极的雪地里跋涉的脚印,我叹息,那真是文学艺术和理想主义者的家园呀!是呀,没有污染的家园,紫风总是比我深刻,你推荐的《西藏最终幻想》一下子就打动了我,一个作家,一个诗人,现在又搞起电视的行当来,你说不到西藏这个神秘之国去游历体验一下,也太冤了!我的思绪已经进入秘境之旅,无人区,原生态,处女地,藏羚羊,雪山与冰峰,洁净与单纯,骆驼与沙漠,生命与死亡……我的心里有一丝绿意慢慢化开了,长成一棵绿树,顷刻间又变幻成一片森林。我从这片紫风给我营造的森林里跑出来了，我浑身洋溢着热情，我说你说得太好了，都说到我心坎里去了。紫风似乎很在乎我的感受，眼睛一下子亮起来了，真的，我能进入你的心里！我意味深长地点点头，当然。紫风眼里闪耀着又湿又亮的光芒，她靠近我让我呼吸着她湿润的气息，她翘起嘴问，同舅舅一样？我的目光此刻应该黏稠得像蜂蜜，而且散发出一种陈酿的芬芳，喉咙里又鸽子般的咕噜咕噜发出一种磁性的声音说，一样！紫风就突然扑进了我怀里。

第十六章　佛国

　　一下飞机我就愣住了，拉萨的天空蓝得像用水洗过的，拉萨的太阳像满地铺的碎银子闪闪发光。都说外国的月亮比中国圆——是不是比中国的圆？我没有去过外国，那些创造这个比喻或者批判这个比喻的先生们未见得就去过外国。但我敢说西藏，西藏的天空比海水还蓝，西藏的太阳比金子还亮，西藏清新明澈散发着高原气息的空气让烟花三月的扬州感到惭愧。

　　实际上我是以我的毅力，以一个正常人的口吻，来描绘拉萨来倾诉我心中感受的。其实在飞机上的时候我就开始晕机，或者说有了一种高原反应的前奏。当时的情景是这样的。当飞机从万米高空渐渐向下降低高度的时候，当我们在飞机的舷窗里看到被称为世界第三极雄浑的雪域高原时，我听到紫风抓住我的手很抒情地说，我的心啊，在高原……我在想，这句诗此时此刻出自紫风之口，它就不是英国大诗人罗伯特·彭斯的了，它就是紫风的了，是紫风对我和舅舅的心声。本来我也想跟着紫风一道澎湃的，但是事实上已经有一种欲把我榨干的压抑感裹挟在我身上，又有千万只蚂蚁在我的身体里搬泰山般折腾。心像一朵被苞衣裹得透不过气来的花蕾，更像被一只有力的手勒着的小鸡，被团团包围的心之城被黑云压得快要摧毁，我无法喘息。窒息使我浑身的汗毛举白旗一样竖起来，虚汗像千千万万细密的暗流正从毛孔的下水道里流淌出来，而快要将我身体淹没的是那个翻腾着波涛的胃的海洋。大脑这个国王差不多失控了，胃变成了造反的毫无秩序的农民起义武装，它企图冲出身体的版图主宰一个自己的王国，一哕一哕的酸水是它披挂上阵的急先锋，正在向咽喉的关隘发射密集的气泡，我要死去。

紫风很快就发现了我脸色的苍白，她将她的心从高原拉到了我身边，她用她温暖的目光笼罩着我，怎么，不舒服？我凝神屏息，竭力地控制着生理上的反应。我摇摇手，不想说话。醉卧梁山的情景像云一样在我的脑海里纷乱地飘过，我一阵恶心。空姐发现了我的异样，空姐用让我眼花缭乱的白皙的手，帮我打开了秽物袋。虽然我在做着抵抗做着挣扎，这时候的处境真是糟得不能再糟。飞机正逐步下降，空姐在喇叭中说飞行遇到了一股强气流，系好安全带不要离开座位云云。我感到机身像在海中遭遇风浪的一条破船那样剧烈地摇晃颠簸起来。这种颠簸让我想起了马背上的舅舅，那种骑在枣红马上怎么颠簸仍巍然屹立的舅舅。舅舅在给我安慰的时候，也让我汗颜；就像紫风小巧的手在慰藉着我的时候，也使我羞愧。舅舅是怎么进藏的，骑着马，也许就是用他坚实的双腿，那时连汽车想都不敢想吧，连路都没有，更不要说飞机，但是我却晕机了。我回忆起我跟紫风谈进藏路线的时候，是怎样地气吞山河，我说我要沿着舅舅当年的行军路线在川藏或者青藏公路进入西藏，我甚至将一本《中国旅游交通图册》翻烂了。我说我就搭车走这条最具挑战性、最具刺激性、最具冒险性的川藏公路吧。紫风摇头说，蜀道难难于上青天，你以为李白说得玩玩信口胡言耸人听闻，我的一个玩探险的朋友就死在这生命极地上，你只要一咳嗽感冒就肺水肿胸水肿脑水肿就跟着完蛋。我的声音软了下来，我说那就走青藏线吧，我们途经青海湖，走都兰，通过五道梁进入海拔四千米以上真正的高原，直抵拉萨东北方向一百公里外的羊八井。我说我要强调一下羊八井，这里有地球上海拔最高的温泉，而且吸引全世界眼球的是风光要命的美丽。我说，站在羊八井的山头上朝下望，你会看到山下一团团的白云像一头头肥硕的绵羊在奔跑，然后那绵羊就拱进半山腰山民制造的袅袅炊烟中，转眼间那云和烟就纠缠在一起变幻成云海，最后我们的身子就飘起来了，仿佛坠入仙境。我说我们到达胜境羊八井后，像当年的舅舅和舅母一样，双双跳进比王母娘娘瑶池还爽滑的温泉，将远近高低错落的雪峰尽收眼底，泡掉满身的尘埃、汗臭和疲惫，最终如一对脱胎换骨上帝的孩子抵达圣城拉萨。我手里捏着一支红蓝铅笔，在地图上圈圈画画，像想象中的舅舅像一个电影中的军事指挥员在分析作战方案那样慷慨陈词。紫风噗哧笑起来，得了，我的小说家，为了我，你就坐飞机吧，是北京是西安还是成都，由你定吧。这一次我的挥手是有力的，我想到了我的老革命的舅舅，我说北京吧，我们乘从扬州首发的 z30 特快直抵首都，从祖国的心脏起飞！而此时此刻在飞机上的我，胃也许还有心脏却不行了，我还是为紫风的，若是在青藏线上我早已是烂泥一团，在川藏线上可能就成孤魂野鬼了，我用我无力的手轻轻地抚着紫风的手，向她传达爱和感激的信息。我尽量不想胃那家伙，我想舅舅想身边的紫风想那些有趣的事，但是胃这个叛逆者还是没有放过我。肠和胃已经联手布好了最后的阵法，将那些已消化正消化未消化的兵勇一股脑儿全压到了喉咙的边境，任凭我怎样闭目养神纹丝不动调节呼吸转移目标干咽唾液负隅顽抗，在隆隆的轰鸣中在飞机的起落架接触跑道的一刹那惊悸中，那些在我胃里拳打脚踢玩真刀真枪而又被压抑得太久的攻击者，如今乘势突破了最后的防线喷涌而出，我浑身瘫软全线崩溃。好在空姐早给我打开了一只袋子，好在紫风一边轻轻拍着我的背，一边安慰我，吐了就好，吐了就好。

我一定是脸色苍白地向紫风笑了笑，我重复她的话，吐了就好……其实，这时候我并不好，连说话都感到体力透支，胸闷、气喘、目眩，针刺般的头疼正一阵强于一阵地向我袭来，更恐怖的是我有一种出气多进气少的感觉。我想我最好是躺在飞机上，但是偌大的飞机不可能成为我的一张床，我想到我是男人我就只能硬挺着，手上仅仅拎着两只随身的包，却感觉人像风中的树一样摇来晃去，仿佛一脚踏入了月球。我想我这人真是没用，才晕机的，现在高原反应又接上了。

总算熬到了出口。一过安检线，我就看到一位头戴礼帽，身着藏袍，腰佩短刀，脸上洋溢着两团高原红的小伙子朝我们走来。我猜这就是达娃。果然，他在紫风和我面前停住了。他将礼帽置于胸前弯腰给我们行礼，扎西德勒！我与紫风回敬，扎西德勒！紫风高兴得不得了，将我们双方作了介绍，达娃又单独施礼，我有些出洋相地踉跄着一把抓住了达娃阔厚的手掌，是的我把他当成了我在西藏的拐杖。为了表示我的歉意，我模仿着达娃的口音说了好几遍扎西德勒。这是我学到的第一句西藏话，我很乐意老将它挂在嘴上，我想通过不断地说这句吉祥的西藏话，来减轻我的高原反应。实际上我将扎—西—德—勒说得支离破碎不成句子，大地在我的眼睛里也开始倾斜，一切见面的问候又似乎是在棉花堆上进行的，我整个的身体已经在拉萨河上飘起来，而那个到西天取经的唐僧大和尚一定念错了咒语，误将我当成他的徒弟孙猴子，否则我的头怎么疼得像安上了紧箍咒。我将手放在了胸口，在心里默默喊了一声，舅舅……

达娃将我们沉重的行李一个人包了，又将我们安排在八廊学旅馆，我们要了个每天只花五十元的双人间，应该说是够便宜的。达娃说拉萨有的是星级宾馆，那样子的话你们不如腰缠十万贯回扬州去住了。达娃说，你们可别小看这八廊学，它可是大名鼎鼎的世界十大山地旅馆之一，它使你无处不感受到浓郁的西藏的氛围雪域高原的氛围。达娃说的话即使像金子闪光我也顾不上了，我的身体筛子一样在摇晃颤抖，我觉得我的头有笸斗那么大，里面躲了一个喝醉酒的妖怪耍着十八般武艺，玩的醉拳、醉棍、醉八仙，乱糟糟地东一榔头西一棒，弄得我的脑袋里万马奔腾像开了跑马场。不等紫风过来搀扶，我就双腿打飘像一脚踩进了沼泽地瘫痪在地上，整个的人随之旋转起来，转着转着我就转进《西游记》里。我跪拜在唐僧跟前，我说无论如何，师父您高抬贵手，您给我把紧箍咒摘了，摘帽右派就摘帽右派，我受不了啦，真的受不了啦！那猴头冷笑道，师父，您不要听这厮的花言巧语，俺老孙一眼就看出这是一个妖怪，就凭俺在太上老君炼丹炉炼出的火眼金睛，什么妖怪能逃出俺的手掌心？我忙申辩，我说不是我是妖怪，是我的脑壳子里藏着一个妖怪。那猴头在一旁尖叫着举起了金箍棒，师父，休听他胡说，看棒！半睡半醒的唐僧双手合十，悟空，休得无礼。我的哥们黄粱梦龙煽动着诗歌的翅膀赶来，用上帝怜悯的声音说，你就要走了，还是我来给你念一句诗：死后，人躺在自己的影子里。孙猴子急得抓痒挠腮，猪八戒凑上来说，看我老猪给他的脑瓜子一钉耙。唐僧抛出一个令牌，请华佗，做开颅术，阿弥陀佛。胸膛上长满黑毛的黑旋风李逵裸奔过来，用我的大板斧吧，嘴巴里要淡出鸟来！我眼睛陡然一黑，大喝一声：舅舅……

看我睁开了眼睛，紫风和达娃都松了一口气。紫风说，你就这么闭着眼睛，活像个嗷嗷待哺的巨婴，已吸了三支肌苷口服液，是达娃去买的。我难为情地笑了。我还发现，我已经吸瘪了一袋氧气，更不知道自己是什么时候躺到了床上，我真为自己的身体不好意思，这头疼的玩艺儿竟让我如此狼狈，我今天在西藏算真的领教了它的厉害。看我萎靡的样子，达娃安慰我，别紧张，你已经好多了。说着递给我一杯水，说多喝水，可增加体内氧分。我从来没想到，我此时对氧是如此热爱如此渴求。我觉得我已经有力量坐起来了，便接过杯子像一头牛在饮水，感觉水沿着我体内的管道四处流溢，它流到哪里那些柔嫩的小手就痒痒到哪里，为我制造氧气。然后我就觉得我的身体像一张卷曲的叶子舒展开来，人就在迷迷糊糊中，真的平静地睡着了。

一觉醒来，自觉轻松多了，并且我真的欢喜上八廊学这个地方。我和紫风都很感谢达娃的安排，达娃的安排使紫风和我的西藏之行，自踏上这片神奇的土地起连每一个细节都充满阳光和诗意，就连我的高原反应也变成了一种感激。这里的时差与我们呆的南方相差两个多小时，我们是三点开始吃午饭的，达娃陪我俩尝了正宗的藏式饮食，手抓羊肉、牛羊肉包子、糌粑、奶渣糕、猫耳朵稀饭、酥油拌面、酥油茶、青稞酒。达娃用刀将羊肉一块块切下来。我就照着达娃的样子用手抓着吃。紫风不太习惯，达娃特意为她准备了西餐的刀和叉。虽然在这神秘的土地上我俩都有一种微醺的眩晕，但是我不把它朝生理反应上想，我把它看成一种幸福对我的袭击。我不太敢多说话，尽量地减少身体对氧的消耗，在适当的时候我要将话题切入到舅舅身上，舅舅是我牵肠挂肚的所在，舅舅是我必须用到刀刃上的钢。紫风风格与我不同，她属那种快节奏进攻型选手，在大幕徐徐拉开后就直奔主题。虽说她的话说了一箩筐，但是我们几乎看不出她的喘息，她从另一个侧面让我体会了她与得痨病的黛玉小姐不同，她的肺特别健康特别有容量。紫风问达娃，拍电视的话，选哪些外景？达娃答道，西藏是佛的国，大到雪山、布达拉宫，小到一棵草、一块石头没有上不了镜头的，就看佛缘了，佛在心中。紫风说，这个我想象得出来，也一点一滴地正在感受着，问题的关键……达娃说，西藏也是诗的国，只要你有诗人的眼睛，你就可以看到西藏到处生长着诗歌，就连藏密香格里拉本身也是一首诗歌。趁着大家话谈得高兴的劲儿，我给达娃敬酒，我说，舅舅也是一首诗，我来西藏就是要挖掘并重新解读舅舅，让他在电视剧里大放异彩。达娃已经在电话里听紫风说了舅舅，一提到舅舅达娃的口吻就充满了虔诚，我崇拜舅舅，舅舅不但是诗，舅舅还是佛；舅舅既是你的佛，也是我们的佛。我心头豁然一亮，有一股暖流在我胸中涌动，我的眼睛像沾上了露水似的湿润。达娃看着我的眼睛说，我知道舅舅，我会同你去拜见舅舅的，去纳木错，只是那里海拔高达四千七百一十八米，比拉萨还高出一千多米，你需要休息。我对晕机和高原反应还心有余悸，我真的就感到有些喘息，达娃的话真的像佛一样灵。但是为了舅舅，我的心里哪里歇得住呢？何况我们是在这种洋溢着藏族风情的八廊学呢！

  我的精力还是有点不济，虽然头不像刚来时那般锯子锯裂开似的痛，但是缺氧是明显的，有点云山雾罩晕晕乎乎的。吃饭的时候，达娃就说午休后陪我们去逛那八角街，再拜谒大昭寺。在路上走着走着，我看到我像尾巴一样跟随着舅舅的高大身影已经在八角街转悠，在大昭寺舅舅则静得如一尊佛，但是我始终没有看得清舅舅的面孔，他不是背朝着我，就是低着头沉思着什么。我想看清舅舅,我想再近些表达我对他的崇拜,却不小心被什么东西一绊。我惊醒的时候,发现自己一睡就睡到了下午五点。紫风正和达娃聊着庞大的电视剧拍摄计划,达娃听得频频点头。在路上达娃特意关照,走慢些,活动强度小了,可以少耗些氧。我和紫风终于来到了那著名的八角街,八角街和我对它宏大的想象事实上很不一样,八角街其实是围绕着大昭寺的一条不大的小街。在我和紫风眼里充其量不过是一条商业街,藏式的商品倒是琳琅满目。有宗教器具,有骨制品,有天珠,有老式的金银首饰,有我们在小说中才能读到而现在就真地展现在我面前的鼻烟,还有藏香、藏靴、藏帽、藏袍、藏刀等等,更有那藏红花、藏羚羊角、雪莲等名贵藏药材。紫风买了九十九颗天珠,而我则看中了一件骨头雕成的马。是的,我不只是想起而是心中盛满了舅舅连同他的那匹枣红马。我跟达娃边走边聊,我说这八角街著名在哪儿?是拉萨商业中心,还是……达娃瞬间脸上有一种上了油彩般的凝重,它不是一条普通的商业街,它是我们藏族传统的转经之路。我似有所悟地噢了一声,体会到民族文化背景的差异往往是巨大的,甚至是相悖的。在我们烟花三月的扬州,对一些到处冲魂的无事劳,人们借用了这一经典而形象的词汇,却带着一种揶揄的口吻说,你去哪儿转经?但是在西藏,我想,谁通过一次转经之路,谁就朝心目中的天堂迈进了一步。当然从藏传佛教的渊源讲我才刚刚触及到一些皮毛,但从舅舅的角度讲我却能对它心领神会,就像我踏上的是一条寻找舅舅的转经之路不归之路。

说话间我们已经来到了大昭寺前,高达四层的正殿飞檐翘壁,金碧辉煌,在西藏样式的雕楼、雕梁中融入了很强烈的汉族风格。达娃介绍说,大昭寺可谓西藏的心脏,始建于唐贞观二十一年,寺内主供的释迦牟尼像是文成公主入番带来的,与这座佛像有关的是寺庙最初称"惹萨",后来逐渐演变成这座城市的名称。可以说,古拉萨正是以大昭寺为轴心建成的。

在我们瞻仰雄伟壮丽的大昭寺的时候,紫风正与一个额头上都磕出血的黑脸汉在谈话。汉子脸很黑,但他的眼睛却像太阳下的水一般明亮,一下子就涌到我心里去了。我和达娃的目光都被深深吸引过去，心里有一份别样的感动。紫风说，您一开始拜佛，我就站在这儿数，您磕了八十一个长头。不累吗？黑脸汉子说，不累，我们的生命都是佛给的。我佛慈悲。不累。紫风说，看您风尘仆仆的样子，不是拉萨人吧？黑脸汉子说，我是牧民，我卖了一些羊，一些牛，又用卖的钱换成金子，一年换一点，五年能换好多金子。这次我全带来了，献给庙里，把佛像修得大大的。再过五年，我还能换更多的金子，献给佛。五年前，我就献过金子，那次，活佛为我摩了顶，我喜欢得哭了。我妻子，骑马伤了腿，活佛摩我的顶，她的腿就好了。神佛保佑。我是磕头来的，每次我都是磕头来，磕一千里。紫风说，我注意到了，您的额头，还有这手，这膝盖，这胸脯，伤痕累累的，您该找一下医生，至少搽点药，要不会感染。黑脸汉子说，谢谢您，我们藏人不会感染，我们心中有佛，佛能治所有的病，连脑子里的病也能治。这西藏，是佛的国，好大好大，离天近得很，没有污染。紫风说，您刚才说，您是磕了一千里头来的，您是哪里人？住在什么地方？黑脸汉子说，我的家在白云那边，他们，这些拜佛的人，家都在白云那边，白云比太阳还飘得高，您骑马也赶不上。我的眼前又出现了舅舅，我试着将黑脸汉子说的佛全换成舅舅，换成舅舅我就有了力量，我的高原反应现在完全地消失了，是不是因为我心里装着一个舅舅。我看到舅舅骑着那匹打着响鼻嘶嘶鸣叫的枣红马在追一朵洁白的云，那云一会儿像怒放的圣洁的雪莲，一会儿又像长裙飘逸的藏族少女卓玛。那是住在白云深处的舅舅舅母的家吗！黑脸汉子还在深情地诉说，我们藏人死了，都到白云那边，鹰把我们带去见佛。佛很大，有很多化身，鸟，风，太阳或者冰雪，雅鲁藏布江，喜马拉雅山，都是佛，诗和歌声也是佛。我心里说，马也是佛。紫风瞪大眼睛问，人也是吗？黑脸汉子说，您想帮助别人的时候，您就是佛。我心里叹道，太好了，舅舅就是佛！

  佛主保佑！达娃将手放置在心口，你们看这汉子多棒，他的语言比太阳还明亮，他的形象比雕塑还凝重，他对我们有一种无形的逼视，让我感到我笔下诗歌和绘画的苍白和拙劣。紫风点点头,我看到紫风眸子里含着亮晶晶的泪光。我不知道此情此景中紫风在想什么,却震撼自己受到了拉萨的洗礼,而这引领我更深透地理解了舅舅。舅舅充满忧虑而略带疲惫的脸,黑脸汉子的声音和眼睛,以及拉萨河和拉萨的天空都像水晶一样在我心中闪闪发光。我们走在路上,不,哪怕坐车,也觉得是在舅舅温暖的目光与巨大的水晶之间穿行。我是在世俗里浸淫得腐朽的汉人,我觉得我的五脏六腑都被洗了一遍,肠子都变得通亮透明。这脑袋也不属于自己,而是属于佛、西藏和舅舅的一部分,从风里飘来暂且嵌在我脖子上。我的身子变得愈来愈轻愈来愈充满幻想,我感到那黑脸汉子从精神领域讲就是我要找的舅舅,或者是化身的舅舅,舅舅的化身!真的,这一切仿佛在梦中,更仿佛在天国。

看着我们的感动和沉醉,达娃说,你们都有佛缘,你们的眼睛告诉我,你们有。达娃的声音轻轻的,生怕惊扰了什么。达娃说,你们看那大柱子下的老太太,牙都没了,边吃糌粑还边笑,她活得好开心,因为她除了佛之外,就没多余的东西。她穷得只剩下那只碗,可只要有人要,她马上连碗带糌粑一齐送过去。这是藏传佛教的真谛,把所有的东西都施舍掉,你就干干净净进入天堂。积德行善越多,就越接近佛,就成了佛。她望着我们笑呢,她意识到在说她吧,她都成了这一带的一道风景啦,许多外国游客都喜欢和她照相。

不知是什么拨动了紫风的心弦,也许就是佛走进了紫风的心田,紫风抽出几张伟人头朝老太太跑过去,但是老人笑着向她摇手。紫风回过头慨叹道,她衣衫褴褛看上去像个乞丐,却笑得烂漫像个孩子,天堂的孩子,特别是老人家那双眼睛,精神得像星星闪烁。在紫风生动的描述中,我看到舅母目光慈爱地向我走来,舅母后面跟着身材高大、腰杆笔直、脸色冷峻的舅舅,舅舅俨然是舅母的保护神,舅舅舅母什么时候都是天堂的孩子。我瞥了一眼紫风,紫风讲述老太太正讲得动情,紫风的声音从来没有像现在这样让我有一种鼻子发酸的感觉,一种像一只虫子一直钻进我心里的感觉。我简直不敢看她,她的讲话戛然而止,然后整个人静得一点声音没有,但是我充满质感地触摸到了达娃讲的逼视,逼视是不是可以理解为实质上是一个人对自己精神和心灵的自我救赎,是有声的黑脸汉子和无声的老太太,无意中在她心灵的空间撒播了一些什么、唤醒了一些什么、温暖了一些什么,然后她将这种气息传达给我,我觉得她对我梦幻般的生命也有了一种无形的逼视。逼视,对于懦夫是一次打击,对于强者是一次提升。如此说来,我们每一个冷静面对泡在社会大染缸里自身和他人的灵魂,能够进行自我逼视、自我救赎的人都是幸运者。然而,生活曾经对舅舅和舅母那么惨烈冷酷,他们遭受的不是能够提升他们的逼视,而是蛮横的外力从精神到肉体都欲将他们毁灭的逼迫和迫害,现实将一个年轻英武的少校变成了满脸皱褶的农民,还不断践踏着那个与舅舅的生命凝结为一个整体的舅母。这里我特别想多说说舅母,那个曾经牛羊成群、堆金垒银的农奴主小姐卓玛,那个跟一个骑着枣红马的汉子走南闯北的祝英台,那个在梁山梁村人们眼里的小西藏,那个在我的想象中像雪莲花一般美丽圣洁的雪莲,她的身份魔方一般呈现出一种无奈的戏剧性变化,但是她始终没有被生活的浊流吞没。在时空的隧道中我看到舅母正在与舅舅一道幸福地日渐衰老,而在精神的领域舅母与舅舅同样的饱满辉煌。在我的想象中,舅母的心里一直在唱着一支怎样的歌啊!一切是那么熟悉,一切又是那么陌生。我不知道眼前这位静默如水的藏族老太太心里正唱着怎样的歌,佛的歌,生命的歌,天堂的歌。渐渐地,那首久违的"当花瓣离开花朵,暗香残留"的凄婉旋律,已经在我心头涌动。

第二天在歌声和阳光的涌动中,我们就去朝拜布达拉宫。到西藏你不可以不去布达拉宫。一路上,紫风心情好得像被拉萨的阳光洗过了一样透亮。布达拉宫,可以说是爱情或者说是女权的象征。这座在世界海拔最高处建造的规模最大的宫殿式建筑群,是公元七世纪藏王松赞干布献给远嫁西藏的唐文成公主的礼物。现在这份让一个女人一生中怎么也享不尽的礼物就耸立在我们的眼前,它庞大伟岸的身躯在团结湖的涟漪里像碎金细银般荡漾。紫风顿生慨叹,文成公主真的让天下的女人嫉妒,她得到的是一件多么伟大的礼品!我说,紫风,你不要嫉妒,文成公主,她将布达拉宫与每一个前来瞻仰它的女人分享。而我,却要用智慧为你构建一座语言的布达拉宫,那可是你私藏和独自享有的呀。紫风说,不,我也要像文成公主一样,让每一个用目光触摸你作品的人分享我们的布达拉宫。达娃笑嘻嘻地走过来,说什么呢,看你俩快乐得真像天堂的孩子,我的画就要以布达拉宫为背景画下你们这时候的神态和心情,并配上珠玑般的诗歌。

　　我们每一个人能不能真正成为天堂的、成为佛的、成为舅舅的孩子,说到底是由我们自身决定的。穿越了布达拉宫的寂寥阔大和金碧辉煌,我已经穿越了整个西藏的历史,我感到了自己的渺小和浅薄。站在布达拉宫灿烂得像金子一般的阳光下,日光城的太阳将我的影子拉得又细又长,我对着太阳眯起眼睛再一次以自赎的精神审视了自己的灵魂,我看到了在透明的阳光中我灵魂里的阴影,看到了尘世的俗念像尘埃在我灵魂的天空中飘浮,而没有像舅舅,像黑脸汉子,像仅有一只碗的老太太心里的尘埃已经落定。阳光中的布达拉宫使我低下了头,使我无地自容,虽说刚才那句话我是与紫风借题发挥开个玩笑,但是什么不好比喻,非要将自己想象中的什么什么比喻成巍峨的布达拉宫。我不是滑稽可笑自不量力甚至可悲可怜是什么?我想到了舅舅,我一直在缅想舅舅,追寻舅舅,我自己心里也十分清楚,仅仅是为写电视剧本我也不可能从烟花三月的扬州跑到梁山,又从水泊梁山跑到让我有那么强烈的高原反应的西藏。藏有圣火的西藏呀,我缅想舅舅、追寻舅舅到底是为了什么?

　　达娃再三邀我们到藏密香格里拉酿造公司去,他说那里有诗,那里有画,那里有西藏人的激情,达娃的意向很明显,无论他作为藏族汉子,还是作为诗人画家,他都要对在电话中对紫风的承诺负责。紫风犹疑了一下,说不一定吧。我想,我读懂了紫风的犹豫,是舅舅、黑脸汉子和藏族老太太眼睛里温暖的阳光照耀到她心坎里去了。在西藏这个扬清激浊的诗的国度,那个纯洁、烂漫、蔑视金钱的诗人紫风正在复活。我觉得谁也不要为难紫风，我觉得我们应该维护紫风，紫风在这个阳光充分释放的高原上所迈出的每一步，所留下的每一个脚印，都是难能可贵值得珍视的，也许正是她用自己的行动重铸未来的诗魂。

许多跟西藏有关系的事情也许超越了我们的经验，我们也不可能将许多问题一下子想透。不想也罢，我便提议从布达拉宫散步到附近的西藏革命展览馆去。是的，我骨子里藏有我的私心，我又想到了舅舅，我预感在展览馆应该与舅舅有一次激情的遭遇，哪怕在照片上。我走得急促了点，又一次隐隐感到那种从各个方向包围过来的无所不在的压迫。我靠在一棵树上喘息，西藏虽然是和平解放的，但是朱总司令提写的馆名就像一把悬在叛乱分子头上的宝剑，随时都可能落下来，给革命增加新的一笔。我感到欢欣鼓舞的不是别的，我听到了枣红马得得的马蹄声，我看到了一身戎装腰里别着勃郎宁手枪的舅舅，舅舅在我眼里从来也没有像现在这般清晰。紫风和达娃很快尾随我赶过来，他们有些吃惊地看到了我脸色的苍白，达娃劝我精力不济的话就放弃，紫风则用她那瘦削的手臂搭住了我的肩膀。我默默地看了紫风一眼，轻轻捏了下她的手指表达我的感激，然后微笑着站起来，告诫自己要坚强。我对着展览馆的大门整理我的着装，我用我想象中舅舅的步伐阔步走进大厅，去与期望中的舅舅会面。空无一人的巨大展厅里，我从历史的缝隙中窥视到空白和虚无，墙面上落满尘埃起皱焦黄的画面中农奴对农奴主的控诉显得有点夸张和不真实。我又一次紧张地感到那种从四面八方逼近过来的危险和压迫。也许历史毕竟模糊了许多印记，也许我们被填鸭式的阶级斗争教育弄伤了胃子，也许我的身体在这一刻又出现了高原反应，这一切竟没有激起我对农奴主的满腔愤怒，却进一步勾起了我对舅母——这位叫卓玛的农奴主的女儿的怀念和热爱。她是冰山上纯情的雪莲，是腐朽淤泥中长出茁壮的荷，她出污泥而不染，化腐朽为神奇。由舅母我又想到了舅舅，舅舅是我要泅渡的理想彼岸。我当然一个展厅一个展厅地在寻找着舅舅的痕迹。在"革命"的名义下我想我理应找到舅舅的痕迹。我徜徉在巨幅的铁骑在藏剿匪的照片前。画面上，骑兵们高举军刀，脚蹬马靴，张得很大的嘴在拼杀呐喊。图片是黑白的，有一种久远的历史厚重和沧桑，跟我对历史的某种记忆或者想象有一种重叠，我看不出里面是否有枣红马，也辨不清人物面部的轮廓。照片拍摄的是铁骑冲锋陷阵的瞬间，有一种风驰电掣的动感，更有一种金戈铁马、摧枯拉朽的气势。我的耳边呼呼生风，仿佛排山倒海的铁骑正从我眼前掠过。我觉得照片里有没有、是不是舅舅以及他那匹打着响鼻、嘶嘶鸣叫的枣红马现在已经并不重要，重要的是西藏曾经的跨越和飞跃这段抹不去的历史，这个过程，这种感觉。

从展览馆出来，达娃说什么也要拉我们到藏密香格里拉酿造公司去，因为拉姆老总来电话催了好几次。紫风向我使了一个眼色，我知道她的意思是盛情难却不去也没有道理，但不再提电视剧赞助的事。一进酿造公司，我们就醉了。我的第一感觉，如果不来的话会失去好多诗的酵母。我们被浓郁的葡萄酒那又酸又甜的芬芳包围着，浸泡着，滋润着。达娃露出馋相不断地嗅着鼻子，紫风的微笑中旋起了两个迷人的酒窝，我觉得自己像一块跌入酒缸的饼干正在溶化。我们参观了酿酒的全过程，我们每一个人在情感上就跟酒融为一体了。晚宴，拉姆老总特意设在连天空都飘着酒香的厂区招待所里，我觉得这是我们进藏后最隆重的一餐，算得上"藏汉全席"。酒就甭提了，藏密青稞干红干白整箱整箱地垒在那儿，今晚我们无法拒绝酒的亲吻和拥抱。

酒这玩艺儿真是好东西，一喝气氛就上来了，气氛上来就无话不谈，谈着谈着距离就拉近了，谈着谈着就谈到佛上去了。拉姆老总说，我是卖酒的，我就特别欣赏你们内地人，什么酒肉穿肠过佛祖心中留，很欣赏，很有哲理很有学问。大家就笑起来。我说，那是电影《少林寺》上说的，而且说的是武僧。紫风说，像鲁智深那样的酒肉花和尚毕竟是另类，那些受戒的僧尼绝大多数很自律的，布衣素食，朝兴夜寐，咏诵经文。可能是怕拉姆和我们意见相左让双方难堪吧，达娃以一种调和的口气说，内地的佛教与藏传佛教只是分支、门派不一样，其实源头是一样的，都是释迦牟尼的信徒。拉姆老总说，我也不跟你们辩什么源头、分支、门派，我搞不清楚这些，我就跟你们讲讲今天上午亲身经历的所见所闻。

　　我们手中的筷子都停在空中，我们不觉半张着嘴一副洗耳恭听的样子，尤其是我这个写小说又开始搞电视剧的，对故事差不多像猫见着老鼠有一种本能的追逐。拉姆老总在说话的间歇眉宇间凝集成若有所思的一个结，这更让我有了某种期待。拉姆一仰脖子将跟前的一杯酒喝了，眼睛里传达出一种无法言表的痛，声音便像他酿造的酒缓缓地从他的嘴巴里流了出来，粘粘的。他说，早上在大昭寺门口，一个汉人小伙子请求寺里接纳他侍奉佛，哪怕做个小喇嘛。小伙子不能说没有决心，小伙子已经剃了一个光头。但是寺里却拒绝了他。小伙子当场就痛哭流涕，泪流满面。我忍不住去劝慰他。小伙子说我当喇嘛的愿望落空了，我只有去死，我已经身无分文，从昨天到现在，我差不多有一天没吃东西。看他那般孱弱、萎靡、颓废的模样，我判断他不是骗子，就给了一些钱给他，我说回去吧，打哪儿来，回哪儿去，这是盘缠。小伙子千谢万谢，又问我的姓名，又要我的地址电话，说我的恩人，我无论如何日后要还你。我真心帮他，我说什么也不肯透露。达娃伸出大拇指，老总真是立地成佛！拉姆老总摇摇手，我讲这事不是搞表彰与自我表彰，也不是说我学雷锋见行动，我是想证明藏人信佛与汉人信佛的不同。我们藏人信佛很快乐，从阿妈肚里一出世，我们就是佛的人，佛国无边无涯，哪有滚滚红尘。汉人信佛，就像我遇到的那位小伙子，据说还是个诗人，是有了事才信佛，把佛信得很痛苦。我跟他攀谈了几句，他说朋友们都背叛了他，一个跟他相好的女孩子也离他而去，就在他内心伤痕累累最需要亲人慰藉的时候，他的母亲却溘然仙逝。而他自己，诗是一个字也写不出来了。

　　我看到紫风脸色骤然苍白，我觉得自己的心被击了一拳。世界上竟有这等巧事，这分明说的是我的哥们黄粱梦龙呀！拉姆说，我当时就劝他，我说古人云愤怒出诗人，你是什么诗人？他咬着嘴唇不说话，就一个劲流泪。他一定是看破了红尘，觉得活着没有意思，于是想解脱、想逃避，就跑到佛国西藏来了。我看到紫风的黛眉堆成了一座危险的山峰，我看到敏感的达娃仿佛身上有了虱子，我有口难辩欲哭无泪简直就是万箭穿心。但是拉姆满脸通红正说到兴头上，他一口又干了服务生刚斟上的酒，以一种不可阻挡的口吻继续说，从这小伙子的口音来看，很像你们江苏人，很像的。其实他哪里懂西藏的佛，他这个样子真是对佛大大的不敬，我想大昭寺拒绝他道理也在于此，因为西方是极乐世界，痛苦的人是永远进不去的。

　　我第一次看到紫风的嘴唇变成了紫色，我也有种瘫的感觉。达娃看着紫风和我又要"缺氧"的样子，实在忍不住了，突然唐突地问，拉姆老总，拍电视的事……你看我只顾侃了，差点忘了正题，拉姆老总愣了一下，一拍脑袋便爽快地说，拍汉族舅舅的电视我们藏密香格里拉赞助十万元，没有什么其他要求，在电视中来两个软广告，拍个男女主角喝酒的镜头就行。达娃立即端着酒杯站起来，拉姆老总，我们的酒神呀，我敬你！雄鹰骄傲的是翅膀，拉姆老总骄傲的是心在天堂。拉姆笑了，跟诗人在一起喝酒就是陶醉，诗酒本来就不分家，紫风小姐，也给我们来两句怎么样？拉姆说着便带头鼓起掌来。紫风一立起来，就像烟花三月中的一棵柳牵引了众人的目光，却像一根弦将我的心绷得更紧。紫风倒是非常地放松自如，她颔首微笑着，谢谢拉姆老总的盛情，我也没有达娃那种即兴赋诗的才情，这两天泰戈尔的诗句倒是老在我的心头萦绕，似乎难以排解，就跟大家共同欣赏吧。拉姆又一次带头鼓掌，说谦虚，紫小姐谦虚了。紫风喝了口茶润了润嗓子，然后字正腔圆朗诵道：鸟翼上系上了黄金，这鸟便不可能再在天上翱翔了。拉姆老总的表情看上去有些复杂，甚至有几分尴尬，我知道这种复杂和尴尬源自达娃将他比作了雄鹰，而紫风却说系上了什么不能翱翔，是不是紫风故意对拉姆故事中提及黄粱梦龙的报复。我刚想打个圆场，拉姆已经有些坐不住了，他用手敲击着桌面，边敲边说，很好，朗诵得很好，还有吗？紫风说，诗朗诵完了，但是我还有话说，从泰戈尔的这两句诗到西藏这几天的感受，我渐渐坚定了一个想法，您要赞助的这笔款子我们不能要。拉姆老总有些吃惊，紫小姐来自林黛玉的故乡，长得也像林黛玉，性格犟得更像林黛玉，真的好可爱噢！紫风端起酒杯，拉姆老总过奖了，我感谢你，但是我将心比心地想，西藏比我们更需要这笔钱。拉姆歪过头以那种西藏汉子的豪爽问，是不是嫌少？我这可是给舅舅的呀！我忙站起来，我说紫风，我们一起来敬拉姆老总，我说，谁嫌钱烫手呢？拉姆老总，但是在拉萨这座美丽的日光城，连我们的心也变得透明了，我们为寻找舅舅而来，抒写舅舅而来，拍摄舅舅而来，正所谓肝胆皆冰雪，表里俱澄澈，一片冰心在玉壶呀！拉姆老总也动情地举起杯，让我们为舅舅，为西藏，为友谊干杯！砰的一声，三只玫瑰色的酒杯像三颗红色的心脏在碰撞，构成迷人而稳定的三角形，是的，我们的心聚集在一起，然后红色的琼浆像血液在我们身上流淌。达娃在一旁都看傻了，猛然醒悟过来似的连声赞叹，什么是诗，这就是诗！什么是诗人，这就是诗人！拉姆老总摇摇手，我算什么诗人，沽名钓誉了，顶多算个儒商，就爱同文人喝口老酒交个朋友。达娃说，你是用行动写诗，你是用人格做人，你是大写的诗人，拉姆老总，我敬佩你。拉姆说，严重了，严重了，真正值得我们敬佩的是汉族舅舅，他将青春献给了西藏，我作为西藏的儿子为舅舅做点什么也是应该的，我真诚地请求紫风小姐代表电视剧组，将我们的一份心意收下来。达娃也在一旁帮腔，这可是西藏人民一片深情！我被达娃和拉姆老总说得血都冲上了脑袋，我说钱的确是一块魔方，它有可怕的一面，人们爱它又恨它，对它爱恨交加，但是果真缺了这块魔方往往壮志难酬，有时一文钱真的逼死英雄汉啊，从这个角度说，我们要特别感谢拉姆老总，他捧出的不是钱，是一颗滚烫的心！我的话一口气讲完了，但是紫风还是静静地坐着，她又一次那么强烈地牵动我的目光和心房，我希望听到她的声音，她同意不同意、接受不接受，我都理解我都高兴，她不但已经征服了作为男人的我，而且必定战胜了自我。

我终于看到紫风像烟花三月中一棵扬州的树站了起来，我看到紫风的眼睛里有一种闪亮的东西在打转，我还看到紫风的声音如树上成熟的果实纷纷落下来。真的要感谢……拉姆老总，还有达娃，紫风鞠躬说，你们捧着一颗心来，为我们为舅舅，但是我看到西藏比我们更需要、更需要；我想告诉你们的……是你们感动了我，我还要告诉你们的是舅舅的电视剧一定要拍好，也一定能拍好，我还要用这部电视的盈利在西藏办一所舅舅希望小学，像你们像陶行知先生一样，捧着一颗心来，不带半根草去，不带西藏的半根草去！我看到一个汉族男人就是我自己，还有两个藏族男人就是拉姆和达娃，在紫风哽咽、颤抖但仍然清晰而富有穿透力的声音里都漂浮起来，我们充满血丝的眼睛吃惊地看着眼前这个娇小而倔强的女人，我们被酒精浸泡的脑子是不是转不过弯来了，我们想喝彩但是我们竟发不出声来，我们被她了不起的宣言震撼了。

我在一种如电流传遍全身的强劲幸福感中想起了舅舅，舅舅在平凡中显示出伟大，在逆境中勃发出惊人的生命力，是不是正是在他生命的不同阶段，身旁站立着卓玛——祝英台这样一位在梁村人眼里称之为小西藏，而在我们眼里像朵雪莲花一样在冰天雪地里开放的女子。

而我的生命中有了紫风，这正是我天大的幸运！

第十七章　神湖

在进藏的第七天，我们就迫不及待地前往纳木错。本来达娃说和我们一起喝完十瓶藏密青稞干红才去的，达娃说藏密青稞干红是西域美人，你亲近了她她会神助你，保佑你。我以为这是达娃说笑话，喝到第八瓶时说什么我也耐不住了，趁着酒劲我嚷道我要去。纳木错是藏传佛教著名的圣地，是喜马拉雅山脉运动凹陷后大自然馈赠人类的一只充满神秘传说的聚宝盆，在西藏人的心目中它是天湖，灵湖，神湖。达娃举着杯子说，为什么我不急着带你们去纳木错，因为那里空气异常稀薄。我急着跟达娃碰杯后就唱了起来，喝了这杯酒，上下通气走天湖……达娃被我感染了，边喝着酒边沉醉地说，天湖是一片真正意义上的高天阔水，那里稀薄的空气使纳木错的天空纯净而透明，真正的水天一色呀！站在湖边，一望无际，几百公里以外的美景任你用心灵去拥抱和触摸。那湖边的牧羊女像用湖水沐浴过的一样单纯可爱。紫风说，我真想做一个牧羊女呀！我唱了起来，我愿做一个小羊，跟在你身旁，你用手中的皮鞭轻轻抽在我身上……达娃摇摇头，有些伤感，说朋友，她们自有自己的苦楚呀，每天可以饱览的他乡的美景，也许一辈子无缘涉足那些跟自己的指头一样熟悉的山山水水，只能认命的拖儿带女，围着灶台、磨盘、毡房走到生命的最后一刻。话题有些沉重了，大家都沉默着，我陡然举起杯，说明天就要上路了，让我们为舅舅干一杯。好！我的提议得到大家的热烈相应，我们的手高高地举起了杯子，我在酒的闪光中看到了舅舅！在我去纳木错的期待中一直有一种别样的情愫在萦绕，因为达娃不止一次说过去那里要拜望舅舅。

　　当拉萨还在睡梦中的时候，我们仨精神抖擞已在Kirey旅馆前搭上了小型巴士，前往我们心中的湖，车子颠簸了一天才到了目的地小镇当雄。为了观看纳木错日出的壮观景象，我们决定去湖上过夜。天还未黑透，镇子离湖边又不算远，我们背着简单的行囊就徒步向湖边挺进。海拔太高，我头疼、恶心、胃酸、胸闷，喘不过气来，呼吸急促得像走进狭窄闭塞的小巷有种找不到出路的感觉，也许从情感上说正在接近舅舅，而心灵上又有了舅舅的庇护，远没有刚下飞机时那份恐惧和惊慌。不过我还是意识到没有听达娃的话，达娃让我喝藏密青稞干红，让我多亲近西域美人，当时喝的时候我常常感到心脏在加速跳动，喘气也不匀了，有种跑步的感觉。现在想起来，达娃是不是用这种法子训练我在高原的适应性，或者说就是为我去纳木错做准备。但是我心情迫切得没法在拉萨多歇两天，没有将十瓶藏密青稞干红全部喝光，来得还是急了点。好在我们有达娃这位经验丰富的向导不紧不慢地走在前面压阵，他将我们行进的速度和节奏都控制得恰到好处，并且尽量减少跟我们说话的频率，生怕我们太耗体力。紫风总是步履稳健地走在我的前面，她穿着鲜红色羽绒衣的背影像一面旗帜引导着我，更像一团火把温暖着我，她的耐力惊人，她的肺已经经受了拉萨的考验，现在正在经受纳木错的考验，她让林黛玉小姐惭愧，也让我这个脆弱的男子汉惭愧。我边走边慢慢地调整自己的气息，我紧跟着紫风亦步亦趋，我还一刻不停地想着舅舅，嘴里喃喃着"舅舅——舅舅——舅舅"，默默地呼唤着舅舅我就像吸进了新鲜的氧气，开始变得有力量。到达藏人居住区时，紫风站在那儿喘个不停，我抱着氧气袋狼狈地和衣瘫在地上，很不好意思也很无奈地由达娃张罗着。他先租了一间藏人的土屋，土屋里铺着棕垫，尽管我们穿着厚厚的羽绒衣，经验丰富的达娃还是以每袋十元的价格买了十袋牦牛粪来。我说，舅舅呢，我要去看舅舅。达娃说，心慌吃不得热粥，有你看的。吃过晚饭，温度骤低，肆虐的北风像狼群在门外低低地嘶吼着，达娃就用牛粪生起了火，狼群真的就被逼得远去了，土屋里就变得明灿灿暖洋洋的，我和紫风在疲惫中都昏昏欲睡。

　　第二天我还在觉头上睡得正酣的时候，我被一双有力的大手摇醒了。达娃一脸的得意，就要看到舅舅哩，日出时是最佳时辰。我揉着眼打着哈欠，心里好生奇怪看舅舅还分什么时辰不时辰的。这可能是西藏的什么风俗吧，问多了不是弱智就要闹出笑话，好在马上就要见到舅舅了，真的就要见到舅舅了，我的心思不可能老停留在这些让我分心的枝节问题上，我的心脏控制不住就像铆足劲的发动机突突地狂跳着，胸腔里没来由地生起一股股黑烟，是不是宋之问老先生说的近乡情更怯。就在我愣神的当儿，听到一点点动静的紫风说醒就醒了，醒来后跟昨天比已经换了一个人，没有我还未睡醒的懒洋洋的感觉，而且已经动手帮着达娃忙我们的早餐。

　　我们向湖边进发时天色还有些晦暗，黛色的苍穹中有几颗星星眨着疲倦的眼睛，一如此刻仍睁不开眼睛的我。我如一个被达娃出卖的孤独者茫然四顾，我说这里哪里有人家？那大昭寺前的黑脸汉子至少说他住在白云那边，那个写下春风十里扬州路的风流倜傥的杜牧早就证明白云深处有人家。可是这里到哪里去寻觅那飘飘悠悠的白云？似乎只有没完没了的阒寂的高原，和我们嘶啦嘶啦空旷的脚步声，此外就是如一块石头一般压着我的心的窒闷。

　　在一个弧形的山坡上，一直沉默的达娃突然停住了脚步，他在黎明中的剪影像头翘首远望的狮子。我心里除了被这个画面感动外，还有几分意外和吃惊。我们慢慢顺着他的目光朝远处望去，有一道若隐若现的虚光在天边晃动，我猜那应该是盛满西藏人圣情的天湖纳木错。达娃似乎已经变成了一座雕塑，他不再跟我们讲什么，也没有一点声音，他浑然不觉我们的存在，他慢慢朝前挪着步子，整个身体仿佛失重般的艰难，突然一屈膝就跪下了，像一块结实的石头，搁置在一座方正的土堆前面。他那么虔心，那么忘情,难道是藏族同胞的跪拜祭湖仪式?同时,我的心头隐隐地不安,掠过一种让我头皮发麻的预感。我恍惚是在一种外力作用下,朝前踉跄了几步,我不相信眼前的真实。我的头一下子大起来,太阳穴击穿般的疼痛,难道这就是舅舅?这果真就是舅舅!我不敢相信自己的眼睛,我觉得我的大脑充满了幻觉。在微茫的星光中,一块碑,一块背后墓地上压满碎石朴素中显出简陋的碑,如特写镜头推到了我眼前,我终于看清碑上镌刻着两排字,一排是我不认识的藏文,一排是六个汉字:汉族舅舅之墓。我眼中的泪水似心中的泉一般流出来,在渐渐亮起来的微微颤抖的空气中,像露珠滴落在舅舅的墓碑上。我想到了梁山上激荡水泊聚义山林的一百单八将英雄;我亦想到了我的故乡扬州这时正是繁花满树、芳草萋萋、绿水逶迤、箫声明月的烟花三月。我看到我落下的泪汇聚成两汪水,这两汪水眨眼间变得愈来愈大,我知道其实它们是我心中的两个湖泊,一个是瘦西湖,一个是水泊。在湖的边上各有一座山,一座是蜀冈,一座是梁山。我看到一个高大的身影在一只雄鸡身上的山山水水间跑来跑去,他在努力将瘦西湖、水泊、纳木错贯通一处,他也在努力将蜀冈、梁山、喜马拉雅堆砌在一起。他不停地忙碌,没有白天与黑夜,饿了,就吃山上的野果,渴了,就喝湖里的水,他是追赶着太阳在奔跑,他渴,很渴,他饮尽了瘦西湖的水,他饮尽了水泊的水,他饮尽了纳木错的水,他还是渴,但是太阳的光芒像数不清的箭镞射向他,像数不清的金蛇缠绕着他,他终于像一座山訇然倒下,他就倒在我的眼前,倒在我的脚下,倒在纳木错湖里,他的伟岸的身躯化作了五块巨大的石头,他的头发飘到瘦西湖化作桃红柳绿的桃花和垂柳,他的灵魂始终不肯散去,落草在梁山上,便有了一百单八个英雄。我知道这个訇然倒下的身影就是我日思夜想的舅舅,离我很近又很远的舅舅,我心目中最亲最爱的舅舅,我突然对舅舅就有了一种新的感悟和发现,我的境界随之就有了一种无声的跳跃和崛起。

我的视野从没有边际激情四射的幻想中拉回到现实,我猛然觉悟到眼前这没有名字的舅舅的碑,其实正是用无形的字体写满名字的立体诗碑;

它与纳木错湖遥遥相望，俨然是面对纳木错的舅舅的背影，显得凝重，神秘，深邃。我们感受着舅舅简朴中的骄傲，平凡中的伟大，默默地肃立。我们一人搬起一块石头，学着达娃的样子将它轻轻地放在舅舅的墓头，达娃说一块石头代表一颗心，紫风说就让我们的心陪伴舅舅，我说，湖可枯，石可烂，我们的心永远不变，永远跳动。

在清晨清冽的空气中，我们向舅舅鞠躬，我们跟舅舅告别，我们带着舅舅的心愿去亲近天湖、灵湖、神湖纳木错。我们离湖边越来越近愈来愈近，我们已经看到在万顷碧波中兀立着的五个岛屿。达娃一脸虔敬，双手合十，然后告诉我们，这五座岛屿，佛教徒们说是五方佛的化身。我心里说，在我心中，是舅舅的化身，是舅舅变成了五块石头，五块石头又长成了五座岛屿。达娃说，我们别拘泥于这些，我们用自己的眼睛、诗人的眼睛，依照我们藏人的信仰，如果一个人心中有佛的话，你会在这五个岛上看出新的境界，甚至会看到一个奇迹。先看中间那座最高的岛，它像什么？紫风首先欢呼起来，她说像尊脚踏碧波，头顶蓝天的菩萨。在他们的启示下，我也看出了些名堂，我说从着装来看像个汉人，从有胡须看像个男人，是个英姿勃发的汉子嘛！当然从我心中的激情从我墓前的遐想我马上联想到了舅舅，但是我不好随便说的，说得不好不是对自然的玷污，就是对舅舅的亵渎。达娃说，两旁的小岛屿也是很迷人的。这次不待他们说什么，我从山体凹凹凸凸的脉络轮廓中早读出四个汉字：

汉族舅舅

我不禁脱口而出：汉族舅舅！

紫风像习习湖风一样轻柔的声音：汉族舅舅！！

达娃像岸边的石头一样结实的声音：汉族舅舅！！！

东方放出鱼肚白了，巍然矗立在天与水之间的舅舅的脸上充满慈爱和柔和，目光炯炯而睿智地注视着远方。四座岛屿，四个大字，在微细的曙光中慢慢衍变成一种富丽而高贵的金色。舅舅背后的天空是一片晨曦中的灿然，有千万道刺破苍穹闪烁的光芒。

一头鹰的剪影从高处蛋青色的天幕飞来，歇在舅舅的肩上，舅舅面部的轮廓便变得凝重，庄严。太阳从舅舅的背后从岛屿与岛屿间的缺口处跳出来，把纳木错满湖的水都染成玫瑰色。

我腿子一软就跪下了，紫风跪下了，达娃也跪下了。我们的眼前是我长到这么大所见到的最壮丽也是最瑰丽的景象。我们对着五座岛屿、对着神奇的大自然齐声朝拜：

舅舅！舅舅！！舅舅！！！

我们沐浴在纳木错早晨和煦的阳光里。

我们站起来的时候，紫风就像一团热情的火扑进了我的怀里。

紫风抚摸着我被湖风吹乱的头发说，我想一个人不能只顾自己快乐，更不能将心留在地狱里。紫风说，我爱你！我们结婚吧！我在舅舅面前发誓！

我的眼泪下来了，心中荡漾着圣洁和喜悦。这里不是教堂，但是即使是世界上最壮观的哥特式米兰大教堂，也比不上这立于地球之巅的天湖、灵湖、神湖纳木错，更比不上巍然矗立于水天之间的我们傲岸的舅舅。我在达娃羡慕又嫉妒的热辣辣的目光中，吻了紫风美丽得像雪莲花的脸。达娃紧握着我俩的手用力摇晃着，声音中饱含着纳木错早晨的深情，看来我的画我的诗又要重新构思了，撷取晨光中金色而富有动感的笔触，点缀出你们的纳木错之恋。

我们都过于沉醉了。

我们惊奇地听到有人在纳木错湖的晨光中吟诗。

在纳木错/你会忘掉脐带/忘掉鸟巢/忘掉户口簿/还有丰乳肥臀和烟花三月中的舅舅

在纳木错/死与生你都可以睡在纳木错的影子里/形与影你都可以托付给湛蓝的湖水/纳木错就醒在你的泪光里

当我们转过身的时候，我们看到了一个人影在逆光中正向湖边踽踽走来，我们先看到一个圆圆的光头，我们猜想着一定是当地的什么喇嘛。但是从他晃动模糊的着装来看又像是我们的同族同胞。那个人渐渐走近了，我们终于看清了他面部的轮廓，看清了他的眉目，我和紫风不禁惊呆了：

他竟然是我的哥们黄粱梦龙！

后 记

扬州是一座诗歌的城市。在历史的长河中,无数卓越的诗人为这座城市所迷恋、折腰,流连忘返、侵淫其中,并为她留下了灿烂辉煌的诗篇。诗人子川曾做过专门的研究,他在《诗歌与一座城市》中说:"一个城市的知誉度与诗歌如此密切关连,在中国,乃至在全世界,大约非扬州莫属。"他还说唐代诗人有一种"扬州情结",并一一列举在整个唐朝到过扬州的诗人,几乎占了唐诗名家的半数以上。诗圣杜甫虽然无法确定是否到过扬州,他似乎也不能免俗,一起加入到扬州的"大合唱"中,其"胡商离别下扬州"佐证着扬州为当时的国际性大都市,而"老夫乘兴欲东游"又诉说着对扬州的向往。在灿若群星的大诗人中,对扬州贡献最大、影响最深远的无疑是诗仙李白。据考证,李白先后四下扬州,第一次来,"不逾一年,散金三十余万",看来他对扬州是真正喜爱到骨髓里了。正因此,这位具有浪漫主义情怀的天才诗人,才出神入化地吟诵出"烟花三月下扬州"这种让扬州美名远播的千古绝唱。

扬州的历史最早可以上溯至春秋时期,史称广陵。现在一般将吴王夫差在蜀冈筑邗城并开邗沟的公元前486年,定为扬州建城之始。再过一年,即2015年,扬州将迎来建城2500年的大庆。回顾历史,江南名城扬州温柔富贵,盛唐曾有"扬一益二"的说法(益,即益州,今成都),成为"国中第一大城市"。在清代,扬州因为盐运富甲天下,盐商们争奇斗富,为巡游扬州的乾隆帝在瘦西湖留下了一夜建白塔的神话。巧夺天工的扬州园林和开一代风气之先的"扬州八怪"也应运而生。还有作为中国四大菜系之一的淮扬菜,百年老店富春的小笼包子、三和四美酱菜、得过巴拿马国际博览会金奖的谢馥春鸭蛋粉饼……

对于生于斯、长于斯的我来说,一直想为家乡写点什么。但是,二千多年的沧桑巨变,扬州的故事就像那穿城而过的京杭大运河的流水,每时都在流动、每刻都在吟唱、每天都在诉说。董仲舒在江都国称相十年悲悯苍生初展政治抱负,其后独尊儒术的主张成为中国封建社会两千多年国家政治形态;江都公主刘细君为汉皇室和亲远嫁乌孙国,比昭君出塞整整早七十二年;"吴中四士"之一的张若虚,以《春江花月夜》孤篇压全唐;鉴真大和尚东渡传法,成为中日文化交流的先驱;具有传奇色彩的意大利人马可·波罗在扬州做官三年,他描写中国的《马可·波罗行记》震撼西方世界;文章太守欧阳修诗书风流,采用借景的手法将对岸的镇江金山借到了平山堂;民族英雄史可法独守孤城,在扬州抛洒了他生命的最后一滴鲜血;一代散文大家朱自清,宁可饿死也不要美国人的救济粮……这一个个闪光的名字,让人不得不佩服不得不感叹:数风流人物,还看扬州!

对,这就是令我感动让我骄傲的故乡。她的历史源远流长,既悲壮辽阔,又婉约凄凉,同时充满了诗词歌赋、管弦丝竹的文人情怀。不过,这仅仅是历史学家笔下的故城。而今,扬州是一座充满活力要让古代文化与现代文明交相辉映的城市,比如曾得过联合国人居奖。但是,这又成了记者追逐的新闻,开发商牟取暴利的商机,某些官员升迁的砝码和阶梯。对于一个小说家来说,他的原点和动力就是要从故乡出发,洗尽浮世的铅华,还原生活的本色,去寻找他的精神家园,或曰情感故乡。莫言说:"我想作家在开始创作的时候是寻找故乡,然后是回到故乡,最后是超越故乡,超越故乡是一个非常艰难的过程。"

后记

《烟花三月》正是以我的家乡扬州为大背景的一部关于"寻找故乡、回到故乡、超越故乡"的小说。扬州的地理位置无疑是优越而独特的,长江、淮河、运河三水交汇,有"吴头楚尾海西头"的说法,因此扬州人形容本土的风物常以"南方之秀,北方之雄"自夸。实事求是地讲,扬州有的是水,缺的是山。俗话说,一方水土养一方人。与此对应的是,扬州人不缺秀外慧中的"秀",差的是雄奇伟岸的"雄"。因此,我在小说构思的初期,不断自我强化一种"大文化"意识,就是在我小说的人物中,不断地往"秀"的基因中添加"雄"的因子。我不知道我在小说中做得怎样,但是我正是朝着这个方向努力的,我让小说中的一对情侣手拉着手从扬州出发,然后向着北方、向着高山、向着高原一路奔跑。而且这种奔跑和寻找不是外在的、肤浅的、表象的,它应该是切肤入骨的一次"涅槃",是我小说中的扬州人的一次雄起、一次勃发、一次精神寻根。同时,小说中的扬州,也不仅仅是地域的标志,它更多的是一种文学的概念,它是由扬州生发出的我心中的故土,一个用文字堆砌的让我魂牵梦绕的家乡,它与现实中的扬州时而重叠,时而补充,时而背离。甚至在我的心中,有这样一种想法像疯狂的野草在生长:面对国人中诸多领域阴盛阳衰的现象,小说中的扬州,也可以大而化之看着当代中国的缩影和象征。而在中国文化阴柔的"秀"之上,我们需要的是一次"雄"的飞翔,也就是梁启超先生心驰神往的"少年中国"!

让我们还是回到小说本身。现在回想起来,这部小说我是将它当作诗来写的,在创作的过程中我的胸中气势充沛,始终荡漾着创作的冲动和澎湃的激情,我和笔下的骑鹤、紫风等年轻男女一起喜怒哀乐、一起沉浮历炼,并在追忆、寻找甚至创造着"舅舅"——舅舅对爱情的忠贞是年轻人的楷模,舅舅超拔的境界正是现代人的缺失,舅舅的精神高地是人类共同的精神财富。我自我寻思,当这种寻找从一座承载着两千多年文化的江南名城出发时,它显得是那样的耐人寻味、意义非凡和不同凡响。我们不要总是抱残守缺、固步不前、自我欣赏、自我陶醉,在夕阳西下的时刻沉缅于落日的辉煌；我们理应锐意改革、开拓进取、自我加压、自我奋进，全身心地拥抱新生儿一般的红日朝阳。而这种企图融汇不同地方文化新质具有超越意义的追寻舅舅的旅程，在写作的初始，似乎还处于一片朦胧和混沌之中，并没有明晰的目标和方向，写着写着才渐入佳境，产生过一百零八将英雄的水泊梁山和能净化人心的雪域高原，带着它们各自的新鲜气味，纷至沓来涌入我的笔端。自然，在小说中舅舅不仅是具象的，是一个敢爱敢恨、血气方刚、侠骨柔肠、血肉丰满的男子汉，同时舅舅又是抽象的，是一种理念、一种文化符号、一种理想的化身。的确，我用大写意勾勒的舅舅的形象，已成了某种情绪和精神的象征，甚至舅舅是在真实与虚幻、人性与神性之间飘忽不定的。我想着意抒发的，正是这种在心中萌发并一直崇仰的原始人性的复归与宗教式的圣洁，而这种仪式的体现，就是让小说中的年轻一代在与自然、社会的交融和碰撞中，在听从心灵召唤的寻觅与发现中，邂逅一颗颗感恩而虔诚的心，并经过水泊遗风的涤荡和高原神湖的洗礼，最终登上了心的高原。而我整个创作的过程，就是一次对故乡被遮蔽的现实和历史及当代人失落灵魂的认知和寻找、挖掘和回归、反思和超越。

在小说创作中，我总有这样一种野心，就是既不重复别人，也不重复自己。当然，这是我为自己设置的一道需要以毕生精力来跨越的门槛。在这部小说的写作中，我首先有意识地强化"烟花三月"这种带有诗的特征的意境，并将它铺排成全篇的一个基调，就像音乐的旋律，在小说中一唱三叹，循环往复，反复吟唱。自从"烟花三月"由李白馈赠扬州后，好似这四个字就是扬州的代称和专有名词，这个季节就是扬州的节日，桃红柳绿的好时光就该专属扬州。在小说中，我不但通过人物、情节层层挖掘"烟花三月"的内涵，同时又将其外延扩展、延伸，使它伴随着小说人物行走的脚印、寻觅的眼光，在扬州以外的山山水水显现闪耀。水泊梁山有烟花三月，雪域高原同样有烟花三月，各处有各处的烟花三月，哪里有春天哪里有真善美哪里有故乡和亲人哪里就有烟花三月，这是一种审美的期

后记

待和发现。它是形式，也是内容，它打破的是一种僵死的戒律，解放的是一种被禁锢的心情，它不但使扬州这一特有的文化元素在一种更加开放、包容、宏大的叙事背景下开始升华，而且让它在与多种地方文化元素相互融汇、补充基础上产生一种新的质地，从而使小说的意境更加开阔、故事的背景更加斑斓，人物的声音多姿多彩。

实际上，在长篇小说写作中面临的最大困境和挑战是小说的结构，它是小说成功与否的关键，所谓纲举目张。在这部小说中，我摒弃了传统的单线叙述的方式，我追求的是一种复合的多声部的声音，让"舅舅"的故事通过小说中的"我"在寻找中回忆、在回忆中寻找，而且这种寻找与回忆不断地受到阻隔，这样就使读者产生了一种阅读期待，作者也不是单一的故事的复述者，而是以一种隐蔽的形式成了活动的参与者。"我"既是今天的行动者，又是历史的见证人，小说中人称转换、时空转换非常自如，这种特殊的视角就巧妙地为小说找到了一个自然、精致的复式结构。中国矿业大学的顾建新教授为此专门撰写了评论《复调小说的有益探索——读李景文的〈烟花三月〉》，从理论的高度对小说进行了观照和阐释，的确有许多新颖独特的见解，这对我今后创作有重要的启示，也可以作为读者解读这本书的一把钥匙。创作这样的复调小说，对我来说也是一次全新的尝试。我感到，让历史照观、映衬现实，又让现实折射、传承历史，人物和时空就在跌宕交错中形成对比和反差、融合和呼应，从而就使背景有了一种纵深感，人物有了一种厚重感，小说在历史和现实的穿梭往复中形成了一种叙事的张力。这种叙事张力我力求构建在传统描写、对话、写景等白描的基础之上，又借助人物的内心独白、象征、回忆、联想、梦境、醉酒等等西方意识流的手法，并使之在一种有机整体中水乳交融，从而让小说中呈现和弥漫的声音、色彩、气味，变得丰富、缤纷而多义。

在确定了小说的基调和结构后，小说的语言风格实际上是一件水到渠成的事。当我选择"烟花三月"这句诗的精灵作为书名时，其实诗歌已经为我即将诞生的小说插上了飞翔的翅膀，我已经别无选择地被一种诗的语言所裹挟、所驱使、所浸淫。在小说的创作过程中，那些闪亮的充满诗意的句子，自己就飞过来了，它们已经等不及我一个字一个字写下来，它们就在我胸中汹涌、眼前晃动、手指流淌，它们自然而然地结伴而来，就像在烟花三月的季节里，柳絮在天空飞扬，桃花在枝头绽放。写这部小说时，我的确有一种醍醐灌顶、灵感附身、文思泉涌、诗兴大发的感觉，仿佛有如神助。当完成这部小说并电邮给《钟山》后，我清楚地记得是在某个国庆节的中午，慧眼识珠的主编贾梦玮先生兴奋地打电话给我，他说他很欣赏小说中那种浓郁的诗的氛围，那种可以拿到阳光下透视、拿捏的透明的语言质感。当小说在《钟山》长篇专号隆重推出后，许多读者表达了他们对这种诗性小说的喜爱，他们觉得语言的诗化有一种撞击心灵的视觉冲击力。一位资深报人在报刊发表读后感说："真的是一口气读完的，不少地方，仿佛是在读诗——诗的语言，诗的意境，诗的品格，好多年没有读过这么好的小说了，我被深深吸引着。推动小说发展的，或者说牵动了我神经的，不是离奇曲折的情节，而是让人耳目一新的人物和充沛的情感。"扬州知名画家吴汉文女士在读了小说后，被一种诗的激情点燃，一气呵成为小说创作了六幅插图，将小说中富于画面感的文字或典型的瞬间转换为精湛的视觉艺术，让人得到一种更加直观的美的享受。凡此种种，这正是小说中诗的力量。

对于扬州这座活在唐诗中的诗歌名城来说，诗的力量是具有感召力的，她似乎越来越多地吸引天下的文人墨客融入她绿水青山的怀抱。洛夫这位八十五岁高龄的当代"诗魔"，台湾现代诗的代表性人物，因长诗《漂木》荣获诺贝尔文学奖提名的大诗人，自2005年从旅居地加拿大多伦多飞抵琼花的故乡后，几乎年年来扬州。他对这座诗歌之城真的情有独钟，他说："我来扬州，如同回家。"当他得悉我的这部小说受到专家好评、读者追捧时，便挥毫为我写下了"烟花三月"四个遒劲有力的大字，以示褒奖。小说大家贾平凹先生也是扬州的老朋友，他在接受我的赠书时，欣然为我题写了"文运久驻"的祝福。作为小说《烟花三月》的作者，生活在诗歌氛

后记

围浓郁的月亮城里，又每每与因"烟花三月"而光顾扬州的师友会晤交流，时常受益匪浅，让我切身感受到一种作为扬州人的福气！

当这本装帧精致，还飘着墨香的书在您手中时，您或许已领略过烟花三月的扬州，或许正准备着去扬州的旅行，但是无论何种情况，因了这部书您就与扬州有了某种精神上的维系，您对个园的竹，瘦西湖五亭桥下的月，何园的四季假山，大运河的桨声灯影，对扬州的山和水、情和景、人和事就多了一份亲近、了解和关注，您在生活的闲暇不觉会哼唱出这样的旋律：

烟花三月是折不断的柳
梦里江南是喝不完的酒

在如此美妙的歌声里，我和您的心会因为这本书而贴在一起，春光明媚或烟雨濛濛的扬州已经为您斟满了杯中的酒，那就让我们开怀畅饮，醉卧在烟花三月里⋯⋯

但是，面对这个物欲横流的时代，在文学的时空中我们应该活得更加清醒。

一位诗人说："诗人生活在时间中，也大都死于时间之中，只有极少数的诗人活在了时间之外。"

——活在时间之外，我们应该有这样的追求！

于 2013 年 12 月 1 日

附 录

复调小说的有益探索
——读李景文的《烟花三月》

顾建新

前苏联文艺理论家巴赫金在其文论《陀思妥耶夫斯基诗学问题》里，通过对陀思妥耶夫斯基小说的分析，提出了著名的"复调小说"的理论。这个理论不仅对过去小说创作经验进行了经典的总结，而且对后来小说的创作有着指导意义。

发表在 2005 年《钟山》杂志上的李景文的长篇小说《烟花三月》，是在"复调小说"理论指导下进行创作的成功的一例。

小说中有两个声音：一个是叙述"舅舅"的颇不平凡的经历；另一个是讲述骑鹤与紫风寻找"舅舅"，要把他的经历写成电视剧的过程。两种声音反复交织，形成了小说的独特结构与特殊的叙事方式。

"舅舅"的经历在小说中没有直接描写，而是通过"外甥"骑鹤与哥们黄粱梦龙及紫风之间的谈话反映出来的。因此，不是一个连贯的完整的故事，而是断续的又是贯穿全篇的，用的是犹如电影中的闪回、特写、蒙太奇等的艺术手法，写得朦朦胧胧，虚虚实实，撩人情思。"舅舅"实在是个很奇特的人物：他在新中国成立初期，就是一个中校副团长，在当时已不是一个地位很低的干部。正当他会有更大发展时，他却毅然放弃自己的前程，为了爱一个农奴主的女儿，不惜被开除党籍军籍。他的传奇般的经历，本来就是可以写成一个生动曲折的故事，但是，在读者对人物的经历产生浓厚兴趣，希望进一步深入了解时，小说却有意遮掩起来，中断叙述，采用的是"欲擒故纵"之法，让你欲罢不能，欲放难忘，从而产生引人入胜的阅读效果。

小说的结尾，写骑鹤他们经过多重艰难，寻找"舅舅"，展现在读者面前的，却是"舅舅"的一个坟墓。这个结局，有特殊的意味：一方面，是小说内涵上的，给人以深刻的反思："舅舅"是骑鹤他们这一代青年人心中的偶像——他们对"舅舅"的苦苦的追求，实际代表着他们对真情的向往，对一种理想境界的渴望；"舅舅"也是作者有意制造的一个"意象"——象征着老一辈对爱情的执着与他们毫无顾忌，为了爱情能够放弃一切的具有时代特色的行为方式；而这种作为，在很现实的今天，似乎只能成为一种历史。另一方面，在艺术上，有特别之处：阻断了读者的期待视野，打破了"大团圆"的结局，让人在遗憾和惆怅中反思，造成了曲终意难平的缠绵的效果。

对"舅舅"的叙述，在虚写的同时，也有直接的描写。这就是他去与"舅母"约会遇见狼的情节。这段描写很大气，有撼天地、泣鬼神之感。恐怖的氛围，人物心理的细微变化，老狼的阴险狡诈，都写得活灵活现，如在面前，不仅极具可读性，而且，把"舅舅"对爱情的刻骨铭心的追求表达到了无以复加的程度。

小说中的另一个声音是骑鹤，及他的哥们梦龙与紫风的所作所为。围绕着寻找"舅舅"的过程，表现了当代年轻人的生活、思想，精神风貌。梦龙最后是出家了，是因为他对未来生活的绝望，是因为他失去紫风后感到了情感的枯竭，似乎各种因素都有。骑鹤的描写用的是"意识流"的方式，以大段的心理描写来展现人物的个性，但这个人物给我们的印象并不鲜明，尽管他是作者用笔墨最多的。

给我们留下深刻记忆的是紫风。她号称是"女权主义者"，口口声声说她不属于谁，她的心和身体永远属于她自己。她的口头禅是"我有权支配我自己的身体，我就是中国的卡门！"这是当代青年人的一种典型性格：敢爱敢恨，一切从自我出发，做事不考虑后果。在她的身上，有着青年人特有的蓬勃的朝气，也有不够成熟的缺点。她大胆地放纵自己，她的恋爱观与老一辈的"舅舅"形成了极为鲜明的对照。她先与梦龙缠绵；梦龙与她也曾形成了一种默契、一种交融、一种和谐。梦龙与她接触有一种岩浆奔突的感觉。但她遇到骑鹤后，她那片嫩绿的草原又被骑鹤的枣红马任意驰骋。她不是"性解放"者，而是感情的放纵者。对她，我们似乎不能苛求，但也未必赞许。总之，作者通过她写出了当代一种年轻人的人生，一种情感的方式，一种人性。

值得赞誉的是紫风的另一面，她对事业、对工作的执着追求。她对拍电视是积极支持的，是十分认真的。她不怕艰难，跟随着骑鹤到梁山进西藏，为的是把"舅舅"的事迹早些搬上银幕。

总之，这部长篇小说采用了一种特殊的叙述方式，体现了作者大胆的探索精神。小说不再采用人们常见与熟知的线型结构：只是按照时间的顺序，简单地从头到尾叙述一个完整的事件；或是以一个人的经历或一个家族的变迁，反映时代的变化。小说打破时空的限制，任主人公的思绪驰骋，并以此形成全篇。呈现在我们面前的，是双声部甚至是多声部的一曲辉煌的交响乐，给我们的是一种崭新的感受。

小说中多次出现"烟花三月"，仿佛是一首歌曲的主调音乐——反复地变奏，以形成作品特殊的情调与动人的节奏。